Stefan Tillmann

Nie wieder Fußball!

Stefan Tillmann

Nie wieder Fußball!

Roman

VERLAG DIE WERKSTATT

Bibliografische Information der Deutschen Nationalbibliothek:
Die Deutsche Nationalbibliothek verzeichnet diese Publikation in der Deutschen Nationalbibliografie; detaillierte bibliografische Daten sind im Internet über http://dnb.d-nb.de abrufbar.

Auch als E-Book erhältlich: ISBN 978-3-7307-0115-7

Lotzestraße 22a, D-37083 Göttingen
www.werkstatt-verlag.de

Satz und Gestaltung: Verlag Die Werkstatt
Covergestaltung: IG FORM, Talitha Müller
Druck und Bindung: Westermann Druck Zwickau

ISBN 978-3-7307-0095-2

Inhalt

„Alles, was ich über Pflicht und Moral weiß, verdanke ich dem Fußball.“

Albert Camus, französischer Philosoph (1913–1960)

Saisonvorbereitung

Der Kapitän

Das ist die Geschichte von vier Männern, von vier Fußballfans, die ihr Hobby satthatten, das längst zur Sucht geworden war; die eine Selbsthilfegruppe gründeten, weil sie mehr aus ihrem Leben machen wollten, zumindest aus ihren Samstagen. Ich war einer von ihnen.

Ich erinnere mich noch genau an jenen Tag im August, als alles begann. Es war ein heißer Tag, und ich stand in Unterreichenbach in der prallen Sonne. 20 Minuten war ich dorthin geradelt, dorthin, wo mir keiner etwas konnte: in der ersten Reihe beim Testspiel Sportfreunde Blau-Weiß gegen den 1. FC Nürnberg, vor mir 22 Mann, Böse gegen Gut. Der Nürnberg-Schal an meinem Handgelenk war bei der Hitze keine gute Idee. Aber Fußballfans haben keine Chance, wenn es einmal so weit gekommen ist. Man muss sich ergeben. Und ich habe mich gerne ergeben.

Unterreichenbach ist ein Ort wie Hunderte, vielleicht Tausende in Deutschland. Ein Ort mit einem Kreisligaverein. Der Sportplatz hatte keine Tribüne, sondern nur eine Planke um den Platz. Es gab Würstchen, Nürnberger, eine Hüpfburg und später noch eine Tombola. Im Hintergrund versuchte jemand, die Frau des Platzwarts zu erreichen.

Im Vereinsheim stand ein Fernseher, der immer noch darauf wartete, mal ein Spiel der Sportfreunde übertragen zu dürfen oder zumindest eine Pokalauslosung, bei der eine abgehalfterte Nationalspielerin eine Kugel mit dem Vereinsnamen aus dem Lostopf zieht, danach den FC Bayern oder noch besser: den Club. Und dann würden sie hierher schalten, die *Sportschau*, Sky, einfach alle, und sie würden nichts mehr verstehen. Weil alle brüllten und fränkelten und die Welt zumindest hier auf einmal eine völlig andere wäre.

Darauf warteten sie alle, die Clowns und Helden, die es in jedem Fußballverein gibt und die sich auch an diesem Tag wieder eingefunden hatten. Da war der verhinderte Profi, der immer noch von seinem Probetraining beim Club erzählte, von der vermeintlichen Verwechslung der Trainingsjacken, weshalb sie damals nicht ihn, sondern Marc Oechler verpflichtet hatten. Das Brüderpaar in der Abwehr, das auf dem Platz schon viele Stürmer und abseits viele Frauen abgeräumt hatte. Der Co-Trainer, der – nur weil er Abitur hatte und aus Baden-Württemberg kam – einen auf Jogi Löw machte, im weißen Hemd an der Linie stand und von halben Neunen und falschen Fuffzigern erzählte – dabei hat Jogi Löw gar kein Abitur.

Der Mäzen, der immer nur so viel Dreck am Stecken hatte, dass es ihm nutzte. Und dessen Möbelhaus-Trikotwerbung sie nach längerer Diskussion zumindest in Anführungszeichen gesetzt hatten, nachdem die Polizei ihm wieder etwas andichten wollte, wie er sagte. Der Alte, der eher zum abdichten kam, der früher, ja früher mal im Tor gestanden hatte und nun durchs Leben irrte wie damals durch den Strafraum; der noch genau 90 Minuten gerade stehen konnte und bei Verlängerungen immer gestützt werden musste.

Der Jugendtrainer, den vor allem die Väter fürchteten, weil er immer nach dem Aussehen der Spielermütter aufstellte, und dessen Masche, schmutzige Botschaften in die schmutzige Mannschaftswäsche zu stecken, bei den Müttern immer noch für ein Rangeln um den Wäschedienst sorgte. Die Blondine, die sie nur „Kickertisch“ nannten, weil immer vier Männer um sie herumstanden und an ihr rumschraubten. Von der es hieß, sie habe mal ein Triple mit den Abwehrbrüdern in der Kabine gehabt, die aber immer nur Augen für den schönen Stürmer hatte.

Dazwischen ich, Daniel Hübner, gerade 27 Jahre alt geworden, aber meine Mutter sagte immer noch „Dani" zu mir. Ich war der Typ Träumer, der auf den Rasen guckte wie andere aufs Meer, in Gedanken meist weit weg, bei nie erlebten Meisterschaften und Europapokalschlachten kurz vorm Uralgebirge. Aber nie mit der Ruhe der Seeleute, sondern immer auch voller Angst: vor dem Scheitern, vor dem Sinken, vor dem Untergang. Man könnte sagen, ich habe immer das große Ganze gesehen, oder: Ich war total bescheuert. Fußball war für mich immer Nostalgie und Fantasie. Vor der Realität bin ich geflohen.

Sportreporter nennen Menschen wie mich „eingefleischt". Andere waren live am Bildschirm dabei, als Neil Armstrong 1969 als erster Mensch den Mond betrat oder Muhammad Ali 1974 im Dschungel George Foreman schlug. Ich war im Stadion, als Frank Baumann 1999 kurz vor Schluss aus fünf Metern nicht ins Tor traf und der Club abstieg – ich träumte manchmal noch davon. Und während andere bei 2001 an den 11. September denken, an die Türme, die Flugzeuge und die ganzen Toten, so dachte ich an die 0:2-Heimniederlage, die wir vier Tage später gegen den 1. FC Kaiserslautern kassierten und die man kaum mit Weltpolitik entschuldigen konnte. Klaus Augenthaler war damals Club-Trainer, Weltpolitik schien seine Sache nicht zu sein. Und Fernsehen guckten sie in der Pfalz ja schließlich auch.

An jenem Wochenende war ich für drei Tage bei meinen Eltern in Schwabach bei Nürnberg. Wenn mich damals jemand gefragt hätte, welche drei Dinge ich auf eine einsame Insel mitnehmen würde, hätte ich wohl gesagt: meinen Vater, meine Mutter und den Club. Auch wenn ich zum Club irgendwie ein emotionaleres Verhältnis hatte. Den Freitag hatte ich mir freigenommen und war mit dem Zug runtergefahren. Von Düsseldorf aus, wo ich seit zwei Jahren wohnte. Der Freitag war mein Geburtstag und die Fahrt nach Hause ein kleiner Trick, um nicht feiern zu müssen. Auf diese Weise dachten die Düsseldorfer Freunde, nun ja, Arbeitskollegen, ich feiere in Franken. Und die Schwabacher hatten keine Ahnung, dass ich zu Besuch war.

So stand ich an besagtem Sommertag zwischen all den Freizeitfußballfans. Ihre Freunde, Söhne oder Väter spielten auf dem verdorrten Grün gegen die Großen aus der Bundesliga und verloren ihren letzten Stolz. Und das Schlimme war: Diesen Menschen machte das nichts. „Hach, guck mal, der Thorsten, fast hätte der ein Tor gemacht", sagte einer. Fußball war für sie ein Freizeitvergnügen für die ganze Familie – meiner Meinung nach hatten diese Menschen nichts begriffen.

Zwischen den Sportfreunden und dem Club stand es schnell 10:0 für meinen Club, aber zufrieden konnte ich nicht sein: Das Verschieben der Viererkette klappte überhaupt nicht, die Räume zwischen den beiden Sechsern waren viel zu groß, und der neue Außenstürmer zog alleine seine Bahnen im Niemandsland des Fußballplatzes. Verdammt, es würde wieder eine schwierige Saison werden. Die paar angereisten Club-Fans bekamen von all dem nicht viel mit. Drüben, hinter dem haushohen Gitter des Sportplatzes, marschierte eine Gruppe von 20 Fans langsam um das Spielfeld. Der Eintritt für das Spiel kostete für Nicht-Mitglieder der Sportfreunde drei Euro, Spazieren war umsonst. Fußballbegeisterung treibt manchmal seltsame Blüten.

Meine Laune wurde währenddessen immer schlechter. Dieses Gebrabbel hinter mir war schlimmer als im Rheinland: Da Rhein, da raus, dachte ich mir manchmal. Schlimmer aber war, dass es schon 10:0 stand und der neue Koreaner erst eine

Bude gemacht hatte, einen Abstauber. Ich presste meinen Bauch an die Absperrung, auf Höhe des Sechzehners. Der Koreaner: direkt vor mir. Hinter mir verteilten Alkoholiker und Freizeitler Runden voller Bierbecher an ihre Freunde. Der Koreaner lief in den Strafraum, der neue Außenstürmer schickte ihn mit seinem vermutlich ersten Ballkontakt. Aber der Schiri pfiff.

„Pass doch auf, du Blinder", schrie ich.

Um mich herum wurde es still, ganz still.

„Das war nie Abseits! Nie!"

Der Linksaußen der Sportfreunde guckte zu mir rüber und machte den Scheibenwischer, dieser Eric Cantona von Unterreichenbach.

„Und das ist Rot!", schrie ich, „Zuschauerbeleidigung! Ja, verdammt nochmal, wo bin ich denn hier gelandet?"

In dem Moment spürte ich eine warme Hand auf der Schulter.

„Junge, was ist denn los mit dir?", wollte der Alte wissen. Schon ziemlich angezählt, der Gute, stand er auf wackligen Beinen vor mir.

„Verdammt", sagte ich, „das wär's gewesen. Sein Tor. Und was macht der Koreaner? Klagt nicht, motzt nicht, spielt den Ball seelenruhig zum Torwart zurück."

Der Alte drückte mit seiner Hand fester zu, nickte, und ich wusste, was jetzt käme. Ich riss mich los: „Nein, nein, nein", rief ich, „es ist nicht nur ein Spiel. Es ist auch nicht nur ein Testspiel."

„Nein, Junge, ich weiß", sagte der Alte mit ruhiger Stimme, „aber dein Koreaner ist Japaner."

Ich weiß nicht, worüber ich mich mehr ärgerte: über den Alten, über den Japaner oder über mich, denn solche Faktenfehler passierten mir sonst nicht. Ich hatte genug gesehen. War ja so oder so immer das Gleiche mit den Neuverpflichtungen!

Die Hoffnungen verblassten meistens sowieso, bevor man den Namen richtig aussprechen konnte.

Zwei-, dreimal im Jahr schaute ich bei meinen Eltern vorbei. Ich nutzte mein altes Zimmer auf dem Dachboden. An der Wand hing eine alte *Kicker*-Stecktabelle, der Club ganz vorne, Bayern Letzter in der zweiten Liga. Ehrensache. Die Stecktabelle war für mich in meiner Düsseldorfer Wohnung tabu. Klar, andere Erwachsene machten das, die fanden das cool. Aber ich bin nicht so der ironische Typ. Und wenn doch mal eine Frau vorbeikommen sollte, hatte ich auf so komische Augenzwinkereien keinen Bock. Die gehen meistens in die Hose.

Noch am selben Tag fuhr ich zurück ins Rheinland. Ich sagte meinen Eltern, ich würde dort eine Party geben, keine Ahnung, ob sie mir das glaubten. Zumindest guckten sie zufrieden, als ich das Haus verließ. Und als ob es nicht genug gewesen wäre, dass wir Unterreichenbach am Ende 14:0 geschlagen hatten, traf ich im Zug Christiane Würkl. So viel Aufregung reichte normalerweise für eine ganze Woche.

Ich hatte am Bahnhof gerade das frische *Kicker*-Sonderheft gekauft. Das Entfernen der Stecktabelle aus dem Heftinneren war jedes Jahr ein magischer Moment, auch wenn ich sie letztlich nicht aufhängen würde. Ich freute mich auf Stunden alleine mit den Spielern, mit ihren Gewichtsangaben, den bisherigen Vereinen und den möglichen taktischen Aufstellungen. Was sollte man auf Zugfahrten sonst auch machen? Fahrten in Zügen, in denen man die Fenster nicht mehr runterreißen konnte, hatten all ihre Romantik verloren. Das wussten vor allem Fußballfans von den Auswärtsfahrten. Stattdessen musste man sich auf einmal seine Sitznachbarn oder irgendwelche *Tatort*-Kommissare auf diesem Bahn-Heft angucken. Dann lieber die Zeugwarte und Medizinkoffer auf den Mannschaftsbildern.

Gerade, als ich die Vereinswappen aus der Tabelle herausknibbelte, kam Christiane Würkl mit ihrem Rollkoffer in mein Abteil und rief laut „Daaaaani". Apropos Romantik. Wir waren beide in dieselbe Schulklasse gegangen, hatten Räuber und Gendarm gespielt. Doch spätestens, als Christiane einen Pferdeschwanz bekam und ich Akne, war mir klar, dass aus uns nichts werden würde. Später studierten wir in Erlangen. Ich Volkswirtschaftslehre, sie irgendwas mit Versicherungen.

Das letzte Mal hatten wir uns auf einer Uni-Party in der Mensa gesehen. Es lief Klaus Lages „Tausendmal berührt". Ich hatte mich Zeile um Zeile dem Pulk, in dem Christiane tanzte, genähert. Und als die Passage mit den Büschen kam, in denen sich die beiden aus dem Lied früher versteckt hatten, zwinkerte ich ihr zu. Ab da zwinkerten mir in der Uni auch manchmal ihre Freundinnen zu, aber auf dieses Gekicher danach hätte ich gut verzichten können.

Im Zug redeten wir übers Leben: über Eheringe, Häuser und Kinder, alles Dinge, die wir beide nicht besaßen. Also wechselte ich das Thema und redete über meinen Job. Ich arbeitete damals in der volkswirtschaftlichen Abteilung einer Bank. Während ehemalige Kommilitonen von mir in London arbeiteten, sich „All-Nighter" nannten, wenn sie in einer Nacht nicht mehr als eine Stunde geschlafen hatten, und ihre Mails mit „Another day in paradise" unterschrieben, arbeitete ich, wenn es hochkam, 50 Stunden in der Woche, schmierte mir abends Butterbrote und hatte sexuelle Fantasien, während ich Maybrit Illner guckte. Das nannte ich dann „bunte Stunde". Alles in allem nicht das Leben, mit dem man Mädchen beeindrucken konnte – weder im Bahnabteil noch irgendwo sonst. Dass ich leicht fränkelte, machte die Sache nicht besser. Wäre ich wenigstens Stürmer bei den Sportfreunden geworden, aber dafür war ich immer schon viel zu schmächtig.

Auf meiner Visitenkarte stand immerhin „Junior Researcher“, das klang irgendwie ganz gut, fand ich. Leider hatte bis dahin noch niemand danach gefragt. Nachdem auch Christiane nicht wahnsinnig angetan von meinem Job schien, schob ich ihr meine Karte einfach unaufgefordert zu. Sie sagte nur „Danke“ und „Jürgen Klopp“ und deutete auf mein *Kicker*-Sonderheft.

Ich sagte, dass ich als „Glubberer“ so meine ganz eigene Meinung zu Borussia Dortmund hätte. Und dann sagte Christiane etwas, was sie besser nie gesagt hätte. Etwas, was besser überhaupt niemand jemals irgendwo sagen sollte: „Es ist ja auch nur ein Spiel.“ Ich versuchte, ruhig zu bleiben, ich guckte auf meine Visitenkarte, auf meine Stecktabelle, auf die Vereinswappen, überall hin, nur nicht in ihr Gesicht. Ja, dachte ich, wenn das Leben nur das Leben und der Tod nur der Tod ist, dann ist vielleicht Fußball auch nur Fußball. Aber es ist sicher niemals nur ein Spiel. Aber das konnte ich ihr unmöglich sagen.

„Ich glaube, es ist besser, wenn du jetzt gehst“, sagte ich. Ich fand es wichtig, auch in brenzligen Situationen sachlich zu bleiben.

Sie sagte „okay“ und dass sie sich mal einen Kaffee holen müsse, ganz schnell, und ob ich bei Facebook sei. Dann zog sie mit versteinerter Miene und ihrem Rollkoffer davon. Ich wusste, dass ich wohl lieber meine Klappe gehalten hätte. Aber was wäre die Alternative gewesen? Mit ihr über die Champions League zu reden und am Ende noch über die Fünfjahreswertung? Dann doch lieber über Bausparverträge oder Eheringe. Mein Motto war immer: Lieber ein Auswärtsspiel verlieren als den Stolz. Bei Heimspielen wiederum hing das ganz vom Tabellenstand ab. Man kann nicht alles haben, das hatte ich schon früh kapiert. Die Sportfreunde schlagen und am selben Tag noch Christiane Würkl abschleppen – nein, es gab Grenzen.

Christiane war an diesem Tag sowieso nur das Warmmachen, das Pflichtspiel stieg in Würzburg zu. Ein Hippie-Mädchen, so ganz anders als Fräulein Würkl mit ihrem Rollköfferchen und eigentlich viel eher mein Typ. Vermutlich war dieses Hippie-Mädchen der letzte Auslöser, der mich derart durcheinanderbrachte, dass am Ende nichts mehr so sein sollte, wie es mal war.

Dieses Mädel hatte einen Anti-AKW-Aufkleber auf dem Backpacker-Rucksack, ihr Kopf hing tief über einem Buch von Albert Camus, und natürlich beachtete sie mich nicht. Atomkraft war mir immer egal gewesen, aber irgendwie wollte ich mit ihr reden. Ich hatte eine Idee, ich war ja nicht blöd.

„Camus?", fragte ich.

Sie schaute hoch: „Ja."

„Ich lese gerade was über Fußball", entgegnete ich und hob das Sonderheft nur ganz kurz hoch.

„Interessant."

„Nicht wahr?", entgegnete ich. „Alles, was ich über Pflicht und Moral weiß, verdanke ich dem Fußball."

„Na, wenn das alles ist …"

„Das war Camus!", schob ich hinterher.

Sie guckte mich immer noch gelangweilt an.

„‚Alles, was ich über Pflicht und Moral weiß, verdanke ich dem Fußball', das ist ein Zitat von Albert Camus." Ich lächelte, eine intelligentere Anmache war mir noch nie eingefallen.

„Na klar", sagte sie.

„Doch, echt!" Ich musste hart bleiben.

„Ja?"

„Ja."

„Selbst wenn."

In Frankfurt stieg sie aus. „Sorry, ich muss jetzt. Eine Freundin holt mich ab, wir fahren zum See."

Ich wartete, bis sie das Abteil verlassen hatte, und rief in Richtung der sich schließenden Abteiltür: „Hey, Hippie! Kennst du denn das Zitat hier: Erst wenn der letzte See bevölkert, das letzte Sommerloch gestopft, das letzte Hemd verschwitzt, die letzte Bierbank besetzt und der letzte Schaffner gut gelaunt ist – werdet ihr merken, dass man den Sommer in Deutschland nicht ertragen kann.“ Sie war schon weg und hörte nicht, wie ich leise sagte: „Das ist von Daniel Hübner.“

Als der Zug wieder losfuhr, dämmerte es mir: So nicht, Leben. Nicht der ständige Loser sein oder allenfalls Unterreichenbach-Besieger. So scheiße war ich ja auch nicht drauf. Ich dachte an die zwei, drei Leute, die ich am Wochenende immer zum Fußballgucken traf, sonst aber nie. An die Gespräche über Fußball, über was auch sonst? An die letzte Saison, an die kommende. Nein, ich war immer ein Kämpfer gewesen, ein Sechser, nicht hübsch, aber ein feiner Kerl, der Guido Buchwald aus Schwabach.

In Düsseldorf angekommen, lief ich vorbei an den Bahngleisen, an gläsernen Hochhäusern und grauen Wohnblocks. Ich trat in Pfützen wie dieser Verliererjunge in der Sanostol-Werbung früher. Und ich ging meine ganz persönliche Saisonvorbereitung durch. Wenn Nürnberg nicht spielte, schaute ich oft Bayern-Spiele, um zu sehen, wie der FC Bayern verlor. Das ging natürlich meistens schief. Und schon hatte ich wieder einen halben Nachmittag in einer Kneipe gesessen, um mich zu ärgern. Na ja, und wenn Nürnberg spielte, war das eben genau umgekehrt – und trotzdem dasselbe.

Klar, ich hätte es mir leicht machen können, mit Fußball hätte ich problemlos zwei Drittel aller Wochenenden des Jahres bestreiten können, vor der Glotze oder auch im Stadion, so hatte ich es mir ja gedacht, als ich nach Nordrhein-Westfalen gezogen war. Dazu noch die Spiele unter der Woche, zweite Liga, internationale Wettbewerbe, ich hätte mich nie wirklich langweilen müssen – und nebenbei wäre ich bei einem echten Trend mal richtig vorn dabei gewesen. Die Tippspielrunde in der Firma gewann ich jedenfalls immer locker. Immer 2:1, immer auf den Favoriten, außer beim Club, der gewann bei mir immer. Früher muss alles besser gewesen sein, dachte ich. Der Club war viele Jahre lang Rekordmeister, Karl-Heinz Rummenigge verlor sein erstes Bundesligaspiel bei Kickers Offenbach mit 0:6. Doch diese Zeiten hatte ich nicht erlebt.

Ich wurde wütend, auf den FC Bayern, auf alles, auf mich. Ich dachte an Frank Baumann, unseren alten Fanklub „Rot für die Welt“, an Christiane Würkl, Albert Camus und die Tussi mit dem Anti-AKW-Aufkleber. Ein paar Straßen vor meiner Wohnung blieb ich stehen, holte das Sonderheft aus der Tasche und schmiss es in eine Mülltonne. „Scheiß auf Fußball“, sagte ich halblaut. „Der Club ist ein Depp“, das sagt man in Nürnberg so, weil immer alles irgendwie schiefläuft. Ich habe das nie gesagt. Der Depp war immer ich selbst. Aber das sollte jetzt ein Ende haben. Es musste ja wohl ein Leben ohne Fußball zu schaffen sein.

Ich lief weiter und dachte an all die Dinge, die ich bis dahin geschafft hatte: den Wechsel aufs Gymnasium, den Umzug mit meinen Eltern in die neue Siedlung, das Abitur, das Studium und den ersten Job ohne große Überbrückungszeit. „Walk on, Daniel“, rief ich in eine Seitenstraße. Ich marschierte weiter, dachte an die Zeit bei der Bundeswehr. „Nie wieder Krieg! Nie wieder Fußball“, sagte ich mir. Mit 27, in einem Alter, in dem viele Musiker sterben und zu Legenden werden, war es an der Zeit, mal wirklich etwas Neues zu wagen.

Mannschaftsvorstellung

Der Schritt ins *Lot Jonn* zwei Wochen später war einer der schwersten meines Lebens. Ich fühlte mich wie ein Spieler auf dem Weg zu einem großen Spiel, aber ich wollte so nicht mehr denken. Schließlich ging es jetzt um alles. Das *Lot Jonn* war jedenfalls die perfekte Kneipe für einen Neuanfang, eine Jedermann-Kneipe im Stadtteil Bilk. „Mein Name ist Hübner", sagte ich zur jungen Frau, die hinter der Theke Gläser abspülte. „Ich habe reserviert."

Es war Samstag, das Pokalwochenende vor dem Ligastart, kurz vor halb vier, gleich würde es losgehen, gleich würden meine neuen Freunde kommen und vielleicht ein neues Leben starten. Ich hatte endlich Nägel mit Köpfen gemacht. Mit der E-Mail-Adresse nie-wieder-Mehm@Scholl.de hatte ich eine Facebook-Gruppe gegründet und diverse Fußballforen angesteuert. Ich träumte von einer Bewegung, sah mich als großen, wenn auch nicht unbedingt charismatischen Leader. Wir würden vielleicht nicht gleich die Welt verändern, aber zumindest den Fußball. Und ich wäre endlich vorne dabei. So war der Plan.

In der Realität bekam ich in einer Woche acht brauchbare Antworten aus Düsseldorf und Umgebung, darunter zwei Frauen. Die meisten Interessenten waren Zugezogene. Die gebürtigen Düsseldorfer waren offenbar alle der Fortuna hörig und dachten gar nicht daran, aufzuhören. Vier Leute wollten das ganze Ding quer über Deutschland als Online-Projekt machen. „Aufziehen" hatte einer es genannt. Aber denen antwortete ich nicht mehr. Auf so Internetprojektfritzen mit Anzügen und Turnschuhen, die jede Baustelle ihres Lebens und jeden Zahnarztbesuch zu einem Projekt erklärten, hatte ich keinen Bock. Nein, das hier war zu wichtig, wenn man so will: mein persönlicher Gang an die Börse.

Darüber hinaus gab es einen, der nur noch Champions League gucken wollte, dem antwortete ich erst gar nicht mehr. Mit solchen halbherzigen Menschen wollte ich keinen Kontakt. Dann lieber dabeibleiben, dachte ich, aber das war für mich auch längst keine Option mehr.

Zudem wollte ich, dass die Leute Fans unterschiedlicher Vereine waren. Sonst endete das nur im Aufwärmen alter Geschichten von irgendwelchen Auswärtsfahrten. Aber dieser Mythos musste gebrochen und Fußball verteufelt werden.

Den Interessenten hatte ich einen Fragebogen geschickt. Alter, Verein, erstes Spiel, schönstes Erlebnis, schlimmster Moment – und ganz wichtig: Grund für den Ausstieg. All das war vielleicht etwas pingelig, aber ich hatte keine Lust, dass irgendwelche Spaßvögel den Plan durchkreuzten. Meinen Plan. Letztlich sagten drei zu. Aber jede Bewegung fängt mal klein an.

Die drei Typen, die ich erwartete, kamen bis auf einen ursprünglich nicht aus Düsseldorf. Versprengte Seelen, die es wie mich irgendwie an den Rhein verschlagen hatte und deren vermutlich einzige Gemeinsamkeit die unerklärliche Liebe zu einer populären Ballsportart war. Aber irgendwie passte das. Denn je mobiler die Menschen in den vergangenen Jahren geworden waren, je häufiger sie umzogen, den Jobs oder ihren Träumen hinterher, desto wichtiger wurde die Heimat. Und dieser Heimatkram war vielleicht der beste Ansatz, wie man die Liebe zu einem Fußballverein erklären konnte. Andere Hobbys wie Vögelbeobachtung unterliegen zumindest noch einem gesunden Menschenverstand. Beim Fußball geht es dagegen schlicht darum, Menschen auf dem Feld anzubrüllen, damit sie in 90 Minuten die eigenen Unzulänglichkeiten ausbügeln und gewissermaßen auch den Ruf der Heimat verteidigen, wenn das eigene kleine Wirken schon nicht dafür ausreicht. Vermutlich hat der Fußball als Ventil für männliche Allmachtfantasien mehr für den Weltfrieden getan als diese ganzen Blauhelmheinis.

Die Kellnerin im *Lot Jonn* hatte dunkelbraune Locken, blaue Augen, eine Mischung aus Fräulein Würkl und der Hippie-Tusse aus dem Abteil. Mir war es doch etwas unangenehm, am helllichten Tag alleine in einer leeren Kneipe an einem Tisch zu sitzen, den ich blöderweise auch noch reserviert hatte. Dass gleich drei wildfremde Männer auftauchen würden, machte die Sache auch nicht unbedingt besser. Ich wusste nicht, was besser ankäme: ein junger Kerl, der alleine in der Kneipe rumsaß, oder vier Männer, die – seien wir ehrlich – nicht gelernt hatten, mit ihrer Zeit etwas Vernünftiges anzufangen.

Kurz bevor die Jungs kamen, zog mein Fußballleben an mir vorbei. Das erste Spiel: gegen Stuttgart, im Winter, verloren, Männer, die in meinen Nacken brüllten. Später war ich jedes Wochenende unterwegs, immer auf der Suche nach dem perfekten Spiel, dem perfekten Tag. Der Geruch der Tribüne, den wir besser kannten als den des Rasens. Heimat, dachte ich manchmal, ist nicht unbedingt ein Ort, Heimat ist aber auch nicht nur ein Gefühl, wie der olle Grönemeyer einem glauben machen wollte. Heimat ist oft einfach ein Geruch. Und in meinem Fall war es der Geruch der Tribüne.

Früher hatte jedes Stadion seinen eigenen Geruch. Mit meinem alten Freund Holger wettete ich einmal, ich würde jedes Stadion am Geruch erkennen. Holger reichte die Wette schließlich bei *Wetten, dass..?* ein. Aber von denen hat er nie etwas gehört. Und in der Zwischenzeit waren aus Stadien

Multifunktionsarenen geworden, und die rochen alle gleich: nach Plastikbechern und alkoholfreiem Bier.

Das Nürnberger Stadion war noch eines der letzten mit Laufbahn. Und so sahen wir viele Spiele auf Höhe der Hochsprungmatte, die irgendwo im Innenraum liegengeblieben war. Und wenn sich dann noch ein dicker Ordner vor das Sichtfeld stellte, sahen wir oft nicht mehr als die Flankenläufe unserer Helden, die im Nichts endeten. Dass Fußballspieler fünf Tage die Woche trainierten und dennoch nicht ordentlich flanken konnten, war eines der letzten Rätsel, die bei all dem Theoriegewese der Herren Rangnick & Co. immer noch ungelöst war. Vermutlich war genau das der Grund, warum sie irgendwann das System umstellten und nur noch von halben Neunen und kleinen Stürmern redeten. Einfach weil Menschen von Natur aus nicht richtig flanken können, und wenn sie noch so viel trainieren.

Meinen Freund Holger hatte ich das letzte Mal auf seiner Hochzeit gesehen. Die fand am Tag des Pokalendspiels statt, wie eigentlich alle Hochzeiten am Tag eines vermeintlich großen Fußballspiels stattfinden. Holger hatte mit dem Termin so lange gewartet, bis der Club aus dem Pokal geflogen war. Lange musste er da nicht warten. Daher spielten wir an jenem Tag im Mai Fußball auf kleine Tore. Jetzt war Holgers Frau schwanger. Holger arbeitete in einer Ventilatorenfirma in Nürnberg und würde weiter zu jedem Heimspiel gehen. Er wollte warten, bis das Kind ins fußballreife Alter kam, und es dann beidfüßig erziehen. Das war natürlich eine konsequente Form eines Lebensentwurfs und vielleicht die ehrlichste, die es auf diesem Planeten gab. Aber bevor ich Christiane Würkl oder sonst wen heiraten und schwängern würde, um einen kleinen Glubberer auf die Welt zu bringen, wollte ich vorher lieber abbiegen und mich nach Alternativen umschauen.

Die Kneipe lag in einem hohen Eckhaus an einer dicht befahrenen Kreuzung. Sie hatte was von einer Bierhalle, hohe Decken, große Biertische und dunkle Sitzecken. Als ich den Kickertisch sah, biss ich mir auf die Lippen.

Um halb vier öffnete sich der muffige Vorhang vor der Ecktür, und der erste Vogel kam herein: kräftig, Jeans, Jeansjacke, kurze graue Haare, Schnauzer. Das musste Karl sein, der Fortuna-Fan. Typ: Teddybär, treue Seele, so einer, der im Block viele Freunde hat, auch bei Niederlagenserien immer positiv bleibt und zum Trainer steht. 54 Jahre alt. Im Fragebogen hatte er als Grund für den Ausstieg angegeben, „irgendwie Lust auf einen neuen Lebensabschnitt" zu haben.

Der Mann kam langsam auf meinen Tisch zu: „Bist du Daniel?" Ich winkte ihn wortlos heran. Der Typ streckte mir seine Hand entgegen, und ich wusste nicht, ob ich sie ganz normal schütteln sollte – oder doch eher sportlich einschlagen wie in der Kurve.

„Hallo, ich bin der Karl", sagte Karl. „Aber alle nennen mich Pommes. Das war ..."

„Ich schlage vor, wir haben hier keine Spitznamen. Ich bin Daniel."

„Schöne Kneipe hier", sagte Karl, und ich hörte den rheinischen Akzent. Eine 54 Jahre alte Frohnatur, das konnte ja heiter werden. „Hast du dir den Schritt gut überlegt?", fragte ich leise und beugte mich vor.

„Ja", sagte Karl. „Sehr gut." Mist, dachte ich. Irgendwie war ich so verbohrt, dass ich schon gehofft hatte, er wäre sich nicht so sicher. Ich wollte unbedingt der Konsequenteste sein, der, der vorweggeht. Aber wer weiß, wer weiß, dachte ich – vielleicht war sich Karl ja doch nicht sicher.

„Was ist denn dein Verein?", fragte Karl.

„Der Club."

„Da hätte ich auch keinen Bock mehr." Karl grinste.

Ich hätte ihm am liebsten eine reingehauen, aber ich wollte diplomatisch sein, Käpt'n eben, anfangs zumindest. „Es geht nicht um den Club und auch nicht um die Fortuna", sagte ich.

„Sondern?"

„Irgendwie ist es doch der ganze Fußball, das ganze System, was uns krank macht. Was uns davon abhält, wirklich zu leben."

„Du bist Student, oder?", fragte Karl. „Ich meine, System und so."

„Nee, nicht mehr, ich bin fertig. Zum Glück", sagte ich und wusste, dass das eine Lüge war. Aber immerhin stand jetzt für mich fest: ein Wackelkandidat.

Nur wenige Minuten später kamen die anderen beiden und schienen weniger anstrengend zu sein. Beide um die 40. Sven, ein alternativer Lockenkopf, Typ: Motzki im Block, einer, der viel leidet und meckert, der aber trotzdem mit dem Herzen dabei ist, und Ralf, Bürstenhaarschnitt, Jeans, T-Shirt, ein echter Kraftprotz, Typ: Sturkopf, einer, der immer kommt, aber wenig redet.

„Ralf, Hertha."

„Sven, Werder Bremen."

„Ich bin der Karl, eigentlich Pommes, aber wir sollen ja keine Spitznamen haben. Ach ja, ich bin Fortune."

Endlich hatten sich alle gesetzt. Auf diesen Moment hatte ich lange gewartet. Ich hatte keine Lust mehr, über die Kneipe zu reden oder über die Anfahrtswege. Die Namen waren klar. Die Vereine. Das Ziel. Es konnte losgehen, unsere Reifeprüfung. Ich guckte rüber zur Theke, die Kellnerin war ums Eck, ein guter Moment. Ich kniff mir unter dem Tisch mit den Händen in die Knie. Dann stand ich auf.

„So, also, ich bin der Daniel. Erst einmal schön, dass ihr da seid. Ich habe das alles hier organisiert. Und ich denke, ich fange mal an. Warum ich hier stehe, warum ihr da sitzt, ist einfach: Ich will den Fußball besiegen. Und ich hoffe, ihr auch."

Der Anfang war gemacht. Sven und Ralf Männer nickten, nur Karl suchte den Blick von Ralf. Scheiß Wackelkandidat!

„Der Fußball ist in uns, zumindest in mir, seit wir denken können, und ich will ihn nicht mehr. Ich könnte auch sagen, ich will den Teufel besiegen, aber das haben andere schon versucht und geschafft. Den Fußball hat noch keiner totgekriegt. Im Gegenteil: Woche für Woche kommen mehr Pilger hinzu, mehr Talkshows, bei denen frühere Vizeeuropameister palavern, noch mehr Monitoranalysen, die die Laufwege der Co-Trainer untersuchen. Versteht mich nicht falsch: Ich will den Fußball nicht abschaffen. Die Leute sollen hingehen dürfen, meinetwegen auch mein Sohn, der noch nicht lebt, aber diese Details, schlage ich vor, klären wir später. Ich will einfach nicht mehr Fußball gucken, nicht mehr wollen und nicht mehr müssen, nicht im Stadion, nicht im Fernsehen – und schon gar nicht auf der Großbildleinwand."

Ich hatte den Text am Abend geübt. Erst Stichworte, dann drauflosgeredet. Dann noch mal Notizen und alles zweimal vor dem Küchentisch aufgesagt. Dem Zufall hatte ich viel zu viel überlassen, zu viel Raum gegeben, würde ein Trainer sagen. Zwischendurch war auch mal das Albert-Camus-Zitat in der Rede drin, aber das war zu riskant. Das hatte ich schon kapiert.

Weiter, weiter, weiter: „Jeder Zweite hat mit dem Rauchen aufgehört. Oder tut so. Jeder hat schon mal ein Hobby aufgegeben, ich habe früher gerne Badminton gespielt. Irgendwann bin ich umgezogen, von Nürnberg nach Düsseldorf, und die neue Freundin wollte abends lieber in Ausstellungen gehen, dann bin ich da eben mit. Na ja, nach zwei, drei Wochen war dieser Spuk dann auch vorbei."

Das mit der neuen Freundin und den Ausstellungen war sehr verkürzt dargestellt. Eigentlich hatte ich mich für eine Praktikantin interessiert, die mich mal auf eine Ausstellung mitnahm. Kunst war eigentlich nicht so mein Ding. Na ja, es lief natürlich nichts, aber immerhin so viel, dass es mittags in der Kantine zu ein paar ungelenken Begegnungen kam.

Sven, der Bremen-Fan, schaute auf den Tisch, kniff die Lippen zusammen und nickte. Mit dem könnte es klappen.

„Aber wer hat je den Fußball besiegt?“, fuhr ich fort. „Von uns hier offenbar keiner. Aber ich will unbedingt. Nur: Alleine schaffe ich es nicht, ich brauche Hilfe, ich brauche euch. Wir brauchen uns. Damit wir die Gespräche mit unseren Arbeitskollegen, Vätern und Söhnen nicht mehr auf den Fußball lenken müssen, weil uns nichts Besseres einfällt, und beim Sex nicht mehr an Alexander Zickler denken, um nicht zu schnell zum Abschluss zu kommen.“

Ich holte Luft. Die emotionale Stelle muss immer am Ende einer Rede liegen, das hatte ich bei den Vorbereitungen gelesen.

„Ich will meine Freude und meinen Zorn, meinen Hass und meine Liebe nicht von Menschen abhängig machen, die ich gar nicht kenne. Auf die ich gar keinen Einfluss habe und die mir total egal wären, wenn sie mit 16 Jahren so häufig in Diskotheken gegangen wären wie jetzt und dann die Fußballerkarriere aufgegeben hätten und einfach Lackierer, Bankangestellte oder Grafikdesigner geworden wären wie jeder andere gottverdammte Mensch auch. Irgendjemand hat mal gesagt, die Jugend sei erst dann vorbei, wenn der Lieblingsspieler jünger ist als man selbst. Ich bin jetzt 27, mein Lieblingsspieler ist 23.“

„Wer?“, fragte Karl.

„Klappe“, rief Sven.

„Der neue Japaner?“, murmelte Ralf, aber ich ignorierte ihn.

„Es ist ein guter Zeitpunkt, um den Schal an den Nagel zu

hängen", sagte ich. „Ich möchte Samstage mit Fahrradtouren verbringen, ja: Fahrradtouren, warum eigentlich nicht, in den Zoo gehen, wie andere Menschen auch. Mit Frauen Spaziergänge machen, einkaufen, abends essen gehen oder ins Kino, dieser ganze Kram halt. Oder einfach auf der Couch rumliegen und sich so fühlen, wie man sich am Wochenende eben fühlt. Und nicht so, wie sich elf Spieler fünf Stunden vorher gefühlt haben."

„Rumliegen ist besser als nichts tun", sagte Karl und hob das Glas, aber niemand reagierte.

„Gut", sagte ich und setzte mich wieder auf meinen Stuhl. Der Anfang vom Ende war gemacht. Die drei Herren schauten neugierig, immerhin. Karl, der Älteste am Tisch, hatte permanent genickt. Daneben hatte Ralf, die Berliner Kante, zur Tür geschaut. Und der Dritte, Sven, starrte immer noch ganz zornig auf den Bierdeckel, während er ihn mit einer Hand zerdrückte.

„Und wie soll das alles ablaufen?", fragte Karl. „Sollen wir jetzt zusammen Fahrradtouren machen oder was?" Er lachte kurz auf, Ralf schnaubte, und Sven schaute schräg zur Kellnerin hinüber. Ja, eigentlich hatte ich mir das so gedacht: eine Gruppe, die sich samstags immer um halb vier trifft und versucht, die Zeit anders zu verbringen als im Stadion oder in einer dieser vielen Fußballkneipen. Sich gegenseitig helfen, trösten, reden und bestärken.

„Doch! Zusammen Fahrrad fahren!", hielt ich dagegen. Aus meiner Umhängetasche holte ich ein weißes Papier. Jeder, der mitmachen wollte, sollte seine Telefonnummer eintragen. „Dann lass ich euch in den nächsten Tagen eine Liste zukommen." Sven rollte mit den Augen.

Wer wusste schon, wo diese Selbsthilfegruppe, dieses Projekt, mal hinführen würde? Würde es an diesem Tag schon sterben? Oder am nächsten? Unsere Vereine spielten allesamt erst am nächsten Tag im Pokal. Ich hatte ja gehofft, dass der ganze Laden brechend voll sein würde, dass ich mich auf den Tisch stellen müsste, schreiend, als Kopf der Massenbewegung. Nun waren wir zu viert und sahen so aus, wie eine Selbsthilfegruppe eben aussieht.

Ich schlug eine Vorstellungsrunde vor. Wenn schon Selbsthilfegruppe, dann richtig. Ralf meldete sich als Erster. Ich hatte den Verdacht, dass er Selbsthilfegruppen und Vorstellungsrunden schon aus anderen Zusammenhängen kannte, aber ich hatte ja keine Ahnung.

„Ich bin Ralf. Ralf Schanzer. Ich bin 45 und Hertha-Fan. War Hertha-Fan, oder wie sagt ihr? Ich komme aus Berlin-Reinickendorf und bin vor fünf Jahren nach Düsseldorf gezogen, beruflich, wegen meiner Frau. Jetzt muss Schluss sein mit dem Scheiß …“

„Mit deiner Frau?“, fragte Karl irritiert.

„Nein, verdammt, mit Hertha, sonst komme ich hier nie an“, sagte Ralf. „Meine Samstage verbringe ich in der Bahn zu den Spielen oder in der Sportkneipe. Freunde habe ich hier wenige, ein paar Kollegen vielleicht – ich bin Bürokaufmann bei der Bahn. Deswegen komme ich auch günstig zu den Spielen. Klar, mit unserem Sohn mache ich schon viel. Zoo und so, auf den Spielplatz gehen, ins Grüne fahren, mal an einen See im Umland. Aber ohne Fußball am Samstag ging es bislang einfach nicht. Meine Frau nervt das tierisch, ihr kennt das ja wahrscheinlich. Aber dafür geht das auch einfach alles schon zu lange …“

„… mit deiner Frau?“, fragte Karl diesmal vorsichtig.

„Nein, ich meine mit Hertha. So leicht ist das ja eben alles nicht. Meine Frau fühlt sich schon sehr wohl in Düsseldorf, wir wohnen drüben in Eller. Jetzt hat mein Sohn selbst mit dem Fußballspielen angefangen – bei Eller 04. Und vor Monaten hat er mich schon gefragt, ob wir zusammen mal zu Fortuna gehen. Ich meine: Fortuna!“

Karl hob ermahnend den Zeigefinger. Hertha und Fortuna hatten zuletzt einiges ausgefochten, aber das gehörte hier nicht her, das musste klar sein.

Natürlich wollte Ralf den Kleinen mit dem Hertha-Virus infizieren. Ehrensache. Nun hatte die neue Zweitligasaison schon begonnen, Ralf hatte sich die ersten beiden Spiele angeguckt, in denen Hertha nur einen Punkt geholt hatte. Und Karl hatte Ralf sofort im Verdacht, dass der nur die harten Zeiten nicht mitmachen wollte. Dabei hatte Ralf schon viel schlimmere erlebt, und mit Hertha würde es wieder aufwärts gehen. Ralf war vielmehr wichtig, dass es mit ihm selbst mal aufwärts ging. In der Sommerpause wurde ihm klar, wohin der ganze Fußballkram führen würde: samstagmorgens zum Spiel des Sohnes, danach Hertha oder Bundesliga. Nur ein Thema. Klar, so war er groß geworden: Hertha, Hertha, Hertha. „Aber bin ich dadurch glücklich geworden?“, fragte er.

Das war uns allen ganz schön peinlich. Da saßen wir, Singles und Familienväter, Arbeiter und Akademiker. Wir hatten die Leidenschaft für die geilste Nebensache der Welt, doch so richtig glücklich waren wir alle nicht. Es war der erste Moment, der uns emotional zusammenschweißte. Und vielleicht war es dieser Moment, in dem Ralf merkte, dass in ihm noch einige Talente schlummerten.

„Abstieg, Aufstieg, Champions League und immer wieder von vorne, Scheißdreck. Und dabei habe ich mir noch viel Ärger eingefangen. Mein Sohn soll es mal besser haben und sich sein Glück selber suchen. Ich meine, ich bin einmal mit ihm ins Rheinstadion gefahren oder wie das Ding hier heißt. Fortuna gegen Union.“

„Warum gibst du denn Geld für ein Spiel gegen Union aus?“, fragte Karl. „Die kannst du doch als Herthaner auch nicht leiden.“

„Eben“, sagte Ralf, „ich kaufte uns zwei Karten für die Plätze hinter der Union-Bank und beschimpfte die Ersatzspieler 90 Minuten lang. Als mein Sohn mir auf der Rückfahrt erzählte, dass es ihm großen Spaß gemacht hätte, mich aber fragte, wie denn das Spiel ausgegangen sei, da kam es mir, dass es das ja nun auch nicht unbedingt gewesen sein kann.“

Ich notierte in Gedanken: okay, Vaterkomplex – aber die Lage war etwas komplizierter.

„Ihr müsst vielleicht wissen: Ich war früher hart drauf. Hooligan, einer aus der ersten Reihe, einer, der nicht fiel. Ein Guter, wie wir sagten. Zwischen 16 und 30 war ich bei denen. Ihr habt ja selbst mitbekommen, was da damals los war“, erzählte Ralf.

Die Therapie lief jetzt anders als gedacht. Sven trommelte mit den Fingern auf der Tischplatte, wurde immer nervöser, während Ralf redete und redete. Fast jeden Samstag hatte Ralf früher seine Faust in das Gesicht eines Fremden gedroschen und genauso oft eine abgekriegt. Zigmal die Nase gebrochen, Schulter, Oberarm. Alles freiwillig. Immer wieder Polizeigewahrsam, Verhandlungen, Sozialstunden. Irgendwie hatte er das damals geil gefunden. Mit den Jungs in die Bahn, das Warten auf die Gegner, das Gerenne, die Kloppe und die Heldengeschichten auf der Rückfahrt. „Heute hört sich das bescheuert an, aber ich wusste mich nicht anders zu beschäftigen“, meinte er.

Wieder peinlich: Ich war immer fasziniert gewesen von dieser Gewalt. Habe rübergelinst, wenn sich der Mob drüben am Bahnsteig, drüben im Block sammelte. Habe gewartet, bis es knallte. Und ganz ehrlich: Wenn dort unten auf dem Rasen die Jungs wieder einmal verloren, wenn es regnete, die Sachen klitschnass waren und eine lange Heimfahrt drohte, dachte ich manchmal: Wenn ich Hooligan wäre, dann könnte ich zumindest auf eine dritte Halbzeit hoffen, anstatt mit gesenktem

Kopf in der Bahn nach Hause zu fahren. Aber dann schaute ich an mir hinunter und dachte, dass das so oder so vermutlich kein kluger Gedanke war.

Viele Jahre ging Ralf mit seinem Vater ins Olympiastadion, Gegentribüne. Stadionheft, Wurst in der Pause und Einzelkritik auf der Rückfahrt – das volle Programm. Ralf erzählte von einem 6:0-Sieg beim OSV Hannover, einem 8:0 gegen Wattenscheid. Dann kam er in die Pubertät, und andere Sachen wurden interessanter. Keine Mädels, klar, die gab es auch, aber Orientierung suchte er bei Mario Hauf, der wohnte in derselben Straße in Reinickendorf. Der war drei Jahre älter, ging auf dieselbe Realschule und grüßte immer mit „Na, Kleiner!".

Der Tisch war jetzt ruhig. Sven verdrehte die Augen, schaute mich direkt an. Hatte er meine Faszination gespürt? Dass unser Linker Gewalt ablehnte, war ja klar. Aber dass er so böse gucken konnte, irritierte mich von Beginn an.

Ralf machte weiter: „Irgendwann war ich drin und dachte gar nicht daran aufzuhören. Vielmehr ging's für mich ja erst los. Du fängst immer klein an, auch bei den Hools, vor allem da. Du musst ganz schön was einstecken und vor allem verteilen, bis sie dich akzeptieren. Es dauerte ein paar Saisons, bis ich vorne dabei war, bis die ersten Matches kamen, bis die ersten Jungen nachrückten, die ich piesacken konnte. Ich war voll drin und voll beschäftigt. Die ganze Woche war doch reine Scheiße. Der Blick ging immer nur in Richtung Wochenende."

„Seid ihr Herthaner nicht alle verdammte Nazis?" Sven reichte es jetzt.

„Klar haben wir viele Rechte, aber ich finde, Politik hat auf dem Platz nix verloren", entgegnete Ralf. „Das hat für mich nie 'ne Rolle gespielt."

„Scheißdreck", sagte Sven, der Bremer. Ein Hertha-Hooligan, ein linker Bremer und eine Düsseldorfer Laberbacke, das könnte noch witzig werden. „Und jetzt haste kein' Bock mehr auf die Assis", blaffte Sven. „Kein Wunder! Ich erinnere mich noch: Ihr Hertha-Frösche habt doch regelmäßig auf Auswärtsfahrten die Interzonenzüge abgefackelt."

„Mal ganz, ganz langsam, Alter. Die Zeiten sind vorbei. Ich möchte einfach meine Ruhe haben", sagte er. „Ich habe mich jahrelang im Kreis bewegt, und seit ich in Düsseldorf wohne, ist eben nur der Radius etwas größer geworden. Ich will raus und was Neues erleben. Ich habe genug Ärger gehabt wegen der Bullen, ich kann mir nicht mehr viel erlauben, dann buchten die mich ein. Wisst ihr, ich habe jetzt eine Verantwortung. Auch wegen meinem Sohn."

Wegen meines Sohnes, dachte ich, aber ich hielt lieber die Klappe. Das mit dem System war auch schon nicht so gut angekommen. Ich wollte mich auf keinen Fall als akademischer Kotzbrocken aufspielen. War ja so schon nicht einfach: Banker in Düsseldorf, das klang entweder langweilig oder arrogant. Langweilig war mir auf jeden Fall lieber.

Karl dagegen schien unbesorgt. „Also, ich kann mit einem Alt-Hool leben", sagte er und hob sein Glas, „besser als Kölsch-Hool." Er wartete auf einen Lacher, doch der kam nicht, und er nippte schnell an seinem Bier.

Sven fuhr eher so die Antikommerzialisierungsschiene. Beim Fußball ging es ihm inzwischen um zu viel Geld, echten Sport witterte er eher auf Aschеplätzen im Flutlicht im Schatten stillgelegter Zechen im Ruhrgebiet oder auf irgendwelchen Nebenplätzen des Weserstadions.

„Hör mir auf mit Nebenplatz 11", rief Karl dazwischen.

Fortuna Düsseldorf hatte es auf ihrem Weg durch die Ligen auch mehrmals auf einen Nebenplatz des Weserstadions verschlagen. Die Bilanz dort: In sieben Spielen verlor die Fortuna fünfmal 0:2, holte insgesamt nur einen Punkt und machte gerade mal zwei Tore. Klar, dass das bei Karl Spuren hinterlassen hatte. Aber so sehr ich mitfühlte, so sehr musste ich aufpassen: „Nebenplatz 11", das klang schon wieder sehr nach einer Veteranengeschichte, das gehörte hier nicht her. Wir hatten etwas zu erledigen. Wir mussten arbeiten.

Sven redete unbeirrt weiter. „Ich weiß, dass sich das bescheuert anhört. Und dieser ganze Fußballhype mit Champions League und Länderspielen geht mir ohnehin auf die Eier. Ich meine: Die Menschen, die Fußball nur aus den Zusammenfassungen der *Sportschau* und den Live-Übertragungen kennen, die haben doch keine Ahnung, was es bedeutet, Woche für Woche ins Stadion zu gehen. Mal ehrlich, wenn man die meisten Bundesligaspiele in voller Länge sieht, fragt man sich doch, wie so etwas Volkssport werden konnte. Und es reicht ja nicht, dass jeder Fahrlehrer sein Fähnchen raushängt und jeder Bäcker Kuchen in Vereins- oder Landesfarben backt. Nein, sie müssen ja alle auch noch bei den Radiostationen anrufen und das haarklein erzählen. Ich sag's euch: Ich bin an einem Länderspieltag mal von Bremen nach Düsseldorf gefahren und habe Radio gehört. Das war die Hölle."

„Schlimmer als Platz 11 wird es nicht gewesen sein", sagte Karl ganz leise.

Sven erzählte seine Geschichte. Er kam aus Bremen und hatte viel erlebt, keine Frage. Die 14 Jahre mit Rehhagel, Meister, Pokalsieger, Europapokalsieger der Pokalsieger '92.

„Mit unserem Klaus Allofs", sagte Karl.

Sven verdrehte die Augen.

So wankelmütig Werder auch war in all den Jahren danach, Fußball war immer Svens Konstante gewesen. Sven redete sich warm. Er erzählte von den Fahrten mit dem Vater ins Weserstadion, den ersten Spielen auf den Stehrängen, von Kutzop und dem eckigen Pfosten.

„Langweilig war das nie", sagte Sven, „das könnt ihr euch vorstellen." Jahrelang musste er nicht viel machen – die

Gefühle brachte Werder. Er hatte sich immer mehr reingesteigert. „Viele Saisons bin ich alleine ins Stadion gefahren, um alleine meine Wut oder meinen Jubel ausleben zu können", sagte Sven.

Mit seiner Fußballleidenschaft war er immer der Außenseiter gewesen, seine linken Freunde fanden das früher alles viel zu prollig, erst später änderte sich das. Sie hätten's einfach nicht gerafft, wie man sich stundenlang neben ein paar Asoziale um einen Rasen stellen konnte, um andere Asoziale anzubrüllen. Svens Frauen verstanden das noch weniger.

„Weiber kommen und gehen, Werder bleibt", sagte Sven. „So erfolgreich Werder auch war, aus Leidenschaft wurde Fanatismus, aus Fanatismus Verbitterung. Aber: Ich habe mit meiner Verbitterung ganz gut gelebt."

Sein Lehramtsstudium hatte er abgebrochen, über zehn Jahre sortierte er Päckchen in der Poststelle am Bremer Bahnhofsplatz. Ihm war die ganze Zeit klar gewesen, dass das kein Zustand war. Andererseits waren das ziemlich klare Verhältnisse, und was sollte er auch sonst machen? Immerhin hatte er seit drei Jahren eine Freundin. Sabine hatte er auf dem Geburtstag seines jüngeren Bruders kennengelernt. Eine promovierte Soziologin.

„Promovierte Soziologin", sagte Karl leise zu sich.

Vor einem halben Jahr hatte sie beim Abendessen den Löffel neben den Teller gelegt. „Ich habe ein Angebot aus Düsseldorf", hatte sie gesagt. Fortuna, hatte Sven gedacht, um Himmels willen Fortuna.

Die Gruppe lachte, auch Karl. Sven musste schmunzeln.

„Jetzt bin ich hier und will ein neues Leben anfangen. Ich konnte ja schlecht sagen: Mein Job bei der Post ist so super, wir müssen in Bremen bleiben. Außerdem machen das moderne Männer doch so, oder? Ich will jedenfalls keine emotionale Marionette mehr sein. Das ist wie bei dir, Ralf, ich will jetzt nicht immer am Wochenende nach Bremen fahren. Ich arbeite jetzt unter der Woche wieder bei der Post, hier am Bahnhof, da will ich am Wochenende meine Ruhe. Und mir nicht die Laune und die Freizeit in einer Fußballkneipe verderben. Sabine ist echt 'ne tolle Frau, versteht ihr? Mit der will ich auch mal was unternehmen. Was erleben!"

„Und deswegen triffst du dich am Samstagnachmittag mit drei fremden Männern. Da wird sich deine Freundin freuen", sagte Karl laut. Doch keiner lachte.

„Sabine kennt mich", antwortete Sven sehr ruhig. „Die weiß, wie schwer das für mich ist. Ich habe ja die letzten Jahre fast nichts anderes gemacht außer Fußball. Ich meine, mal ehrlich, was denn auch?"

Ich nickte betreten. Sven und ich saßen im selben Boot, sollte er auch noch so rumzicken. Auch Ralf war sicher. Nur Karl blieb ein Wackelkandidat.

Zum Schluss erzählte Karl seine Geschichte, für mich war das seine letzte Chance. Er kam mir vor wie die rheinische Ausgabe von Waldemar Hartmann. Aber ich hatte nichts gegen einen Gute-Laune-Onkel, an die Spezies hatte ich mich in Düsseldorf gewöhnt. Doch er sollte es auch ernst meinen und das Projekt nicht als lustigen Freizeitvertreib sehen. Das war es nämlich ganz sicher nicht.

„Jut, ich bin also Karl und nicht Pommes. 54 Jahre alt, geboren in Langenfeld, zwischen Leverkusen und Düsseldorf. Seit ich 17 bin, arbeite ich in Düsseldorf. Ich wohne in Holthausen, könnt auch sagen: Ich bin Holthausener. Und Gas- und Wasserinstallateur. Ja, ja, Gas-Wasser-Scheiße, schon klar."

Karl hatte zwei Kinder und eine Enkeltochter. Der Fanklub schenkte ihm sofort ein Fortuna-Trikot, auf dem hinten „Opa" geflockt war. Die Tochter war damals 25 und wohnte mit dem Kind in Düsseldorf ein paar Straßen entfernt. Der Sohn war 20 und zum Studium nach München gezogen. „Maschinenbau“, sagte Karl stolz. „Mein Sohnemann geht da auf so ’ne Elite-Uni und ist das ganze Wochenende nur am Lernen.“

„Sei froh, dass er nicht zu den Scheiß-Bayern geht“, sagte Sven sehr ernst. Wir nickten alle.

Ich blieb skeptisch. Lief doch alles bei ihm, er hätte doch schön weiter zum Fußball gehen können. Aber dann erzählte Karl, dass der Fußball auch ihn fertigmachte. Er hatte von allen am meisten erlebt. Nicht nur wegen seines Alters. Die Gruppe wurde ganz leise, als er erzählte: Aufstieg, Pokalsiege, ’79, damals gegen Hertha 1:0 nach Verlängerung, ’80 gegen Köln, Europapokalfinale gegen Barcelona in Basel: 3:4 nach Verlängerung. Abstieg der Fortuna ’86 nach 16 Jahren Bundesliga. Seitdem hatte die Fortuna einen unvergleichlichen Ritt durch die Ligen hingelegt, war zweimal ganz unten und stand immer wieder auf. Karl war so etwas wie der Boris Becker der Fußballfans: Jeder kannte ihn, aber die großen Erfolge lagen lange zurück.

Nun war die Fortuna wieder einmal in der Bundesliga, doch Karl durfte und wollte das alles nicht mehr. Sein Arzt hatte ihm sogar abgeraten: das Herz, die Aufregung. Nicht noch mal hoffen, scheitern, nicht noch mal Bundesliga, nicht noch mehr reinsteigern. Die Sache mit der Fortuna war Karl in den vergangenen Jahren viel zu ernst geworden. Auch wenn sie im Fanklub „Red Religion“ fröhlich schunkelten, für ihn war das schon lange kein Spiel mehr, vielleicht tatsächlich eher so etwas wie ein Glaube.

Er erzählte uns, wie er unter der Woche von Kunde zu Kunde eilte, um sich unter irgendwelche Waschbecken zu legen, und wie er leise im Kopf die mögliche Aufstellung runterratterte. Mit den Kollegen hatte er ein Tippspiel, und natürlich war das Gelächter groß, wenn er montags seinen Kollegen Helmut traf, den Gladbacher, und die Fortuna verloren hatte. Aber witzig fand das Karl schon lange nicht mehr.

„Das Schlimme ist doch: Du kommst da nicht mehr so leicht raus. Je öfter du da hingehst, je mehr du mitmachst, dich auskennst, desto häufiger denkst du daran. Es ist eine verdammte Sucht.“ Jetzt, wo sein Sohn in München studierte, wäre ein guter Zeitpunkt, mit alldem aufzuhören. Es ärgerte Karl selbst, dass sie am Telefon fast immer nur über die Fortuna redeten.

„Ich meine, das mit dem Studium kapier ich ja auch nicht: Seminar, Vorlesung, Tutordingsda. Axel, Lumpi, das ist doch unsere Sprache.“ In der Sommerpause hatte er gemerkt, dass es auch anders geht. Er hatte seine Tochter mit der Enkelin getroffen, sie waren spazieren gegangen, auf den Spielplatz. Und als der Sohn aus München für eine Woche da war, waren sie alle zusammen im Zoo gewesen.

Karls Frau war vor langer Zeit abgehauen, als sich Fortuna wieder mal auf dem Weg in die Bedeutungslosigkeit befand. Eine Affäre mit einem Arbeitskollegen. „Jeden Samstag“, sagte er nur leise. Wir nickten alle. Als Karl die Betrügereien herausbekam, flippte er aus, dann zog sie aus, und Karl biss sich noch stärker in die Fußballleidenschaft hinein. Nun wollte er etwas Neues. Seinen Sohn hatte er gelöchert, er wollte alles über dessen Studium wissen und auch über München. Bislang kannte Karl nur die Strecke mit der U3 zum Olympiastadion, Fortuna hatte dort das letzte Mal 0:5 verloren. In der Arena war er noch nie gewesen. Und das wollte er sich auch nicht mehr antun.

„Ich will es auf jeden Fall mal versuchen“, sagte Karl. „Wenn’s gut läuft, habe ich mein halbes Leben noch vor mir. Das will ich nicht mehr in Kneipen, Stadien und Straßenbahnen verbringen.“ Irgendwann habe man eben alles gesehen und erlebt. „Das 2:0 in Chemnitz durch zwei Glavas-Tore ’95, die zwei Pokalsiege '79, '80, das werde ich nie vergessen. Jetzt der Aufstieg gegen Berlin …"

Ralf guckte auf den Tisch.

Karl würde von allen am meisten aufgeben müssen – und dafür zollten wir ihm Respekt. Fanklub-Treffen, Freunde, Gespräche mit dem Sohn. Er hätte es sich leichter machen und einfach in eine Fußballkneipe gehen können, so wie Tausende andere auch. Aber er konnte das Gequatsche dort nicht ertragen – das vom Kommentator und das von den Leuten.

Karl hatte mich überzeugt. Damit hatte ich nicht gerechnet. Bei 400.000 Menschen, die jede Woche alleine in der Bundesliga ins Stadion gingen, waren wir vier zwar noch lange keine Sensation – und keineswegs die Massenbewegung, die ich im Sinn hatte. Aber die Saison hatte ja auch noch gar nicht angefangen.

Regelkunde

Bei diesem ersten Treffen, unseren ersten 90 Minuten, wurde mir schnell klar: Bevor ich von einer großen Massenbewegung träumen konnte, mussten erst einmal ein paar ganz wesentliche Details geklärt werden. Basisarbeit. Vielleicht war jetzt weniger der charismatische Herrscher in mir gefragt als der emsige Landrat.

„Wir brauchen Regeln", rief ich den dreien zu, als sich die erste Zufriedenheit eingenistet hatte. „Zum Beispiel", fing ich an und machte eine Pause, denn so genau hatte ich das nun auch noch nicht durchdacht, „inwiefern wir über Fußball reden dürfen."

Sven war stinkig, dass Ralf seine Heldentaten aus der dritten Halbzeit erzählen durfte. Ralfs Hooliganvergangenheit zum Beispiel definierte ich als Teil seiner Biografie und damit auch seines Problems. „Im Rahmen einer Vergangenheitsbewältigung ist das Reden über Fußball gestattet", sagte ich. Ich nahm mir einen Kugelschreiber, drehte die Adressliste um und schrieb den Satz auf. Vielleicht würden wir auch eine Satzung brauchen. Ganz sicher einen Strafenkatalog. Langsam wurde ich euphorisch.

Ein paar Prinzipien waren schnell klar, ich notierte sie mir auf einen Zettel: Sitz der Gruppe war das *Lot Jonn*. „Solange die keine Sportsbar draus machen", sagte Karl. Endlich lachten wir alle mal gemeinsam.

Zweiter Punkt: Treffpunkt samstags halb vier. Dann losziehen und etwas unternehmen, irgendwas.

Karl griff zum Stift und wollte seinen Namen eintragen, als Sven, die Locke, noch einen Einwand hatte: „Und was ist mit den englischen Wochen? Fußball ist immer, freitags, samstags von mittags bis zum Top-Spiel abends, Sonntagsspiele, montags zweite Liga, dann Pokalspiele, Europa League und Champions League. Und dann noch Länderspiele! Wir können uns doch nicht jeden Tag treffen!“

„Doch“, sagte ich, „das können wir.“ Mir war ja klar, dass wir uns nicht jeden Tag treffen würden. Aber dennoch wollte ich ein bisschen aufrütteln. Ich dachte an Matthias Sammer.

„Sven, wenn wir nicht mutig sind, werden wir keine Bäume ausreißen.“

„Wir reißen Bäume aus, wo keine sind“, rief Karl. Ein alter Schlachtruf, na bravo.

„Unter der Woche muss jeder selbst klarkommen“, sagte ich, „da kann jeder das Erlernte vom Wochenende anwenden. In Eigentherapie sozusagen.“

„Champions-League-Spiele?“, fragte Ralf.

„Tabu“, sagte ich.

„Europa League?“, fragte Ralf.

„Tabu.“

„Länderspiele?“, fragte Karl.

„Selbstverständlich nicht.“ Länderspiele hatte ich fast ein bisschen vergessen. Es stand zwar kein großes Turnier an. Aber seit einiger Zeit war ja jede Länderspielreise in ferne Schurkenstaaten ein nationales Happening. Nein, da mussten wir von vornherein sauber bleiben.

„Und was ist mit Europa-League-Spielen ohne deutsche Beteiligung? So als Methadon, als Trockenübung?“, fragte Sven.

„So'n Quatsch“, sagte ich. „Solange wir Europa-League-Spiele ohne deutsche Beteiligung gucken, haben wir nichts gelernt, nichts gewonnen.“

„Daniel", sagte Karl plötzlich, „die Zeiten haben sich geändert. Heutzutage gehen auch glückliche Menschen ins Stadion. Und heute gucken sich viele Menschen Spiele einfach nur so zum Spaß an."

„Aber keine Europa-League-Spiele ohne deutsche Beteiligung."

Wenn wir irgendwann so weit sein sollten, dass wir bereit wären, nur noch „große Turniere", wie man das nannte, und Champions-League-Spiele ab dem Halbfinale zu gucken, dann könnte man sicher neu verhandeln. Fußball auf Markus-Lanz-Talk-Niveau sozusagen, aber bis dahin war es noch ein weiter Weg. Ansonsten war das Ende des Projekts noch sehr vage abgesteckt.

„Bis wir geheilt sind", schlug Sven vor. „Bis jeder von uns einen ganzen Spieltag vom Aufstehen bis ins Bettgehen verbringen kann, ohne einmal an Fußball zu denken."

„Verdammt", stöhnte Ralf, der Ruhigste der Gruppe.

„Und am letzten Spieltag fahren wir alle zusammen in den Urlaub", sagte ich, zugegeben etwas unüberlegt. Aber so Gruppenreisen hatten ja bei all ihrer Lächerlichkeit auch immer etwas Romantisches. Offenbar sahen die anderen das etwas nüchterner, sie guckten mich nur an.

„Du willst doch nur wieder Länderpunkte sammeln", sagte Ralf.

Karl nickte, Sven schaute skeptisch. Er saß mir schräg gegenüber. Mit seinen halblangen Locken und seiner schwarzen Lederjacke bildete er mit dem fröhlichen Karl an seiner Seite ein merkwürdiges Pärchen.

Ich griff wieder zum Stift. Ich durfte jetzt nicht nachlassen und stellte meinen Strafenkatalog vor. Auch moderne Trainer müssen Grenzen aufzeigen. „Jedes Wort über Fußball einen Liegestütz."

„Pffft, dit ist ja nüschts", sagte Ralf, der alte Kraftprotz.

Sven mit seinen dünnen Armen schüttelte den Kopf, aber er sagte nichts. Er war sich seiner Sache offenbar ziemlich sicher.

„Jeder Blick auf ein Spiel oder einen Spieler im Fernsehen, jede Berührung mit einem Trikot oder Ähnlichem zehn Liegestütz. Stadionbesuch: Ausschluss aus der Gruppe, das dürfte klar sein."

Karl erzählte von seinem Abonnement einer Eishockeyzeitung, das er als Ablenkung nutzen wollte. Ich fragte, wer das Lesen von fußballfremden Sportmagazinen erlauben wolle. „Sofern zielführend", setzte ich nach. Die Gruppe stimmte mit 3:1 dafür, Ralf war dagegen.

Ralf wollte wissen, ob er nun bei den Nachrichten umschalten müsse, wenn Fußball käme, und was mit den Ergebnissen in der Zeitung sei. Sollte er die von nun an etwa zuhalten? Vor allem wollte er aber wissen, ob er seinen Sohn zu den Spielen begleiten durfte. Insgeheim wunderte ich mich, wie man als Fußballfan sechs Jahre damit warten konnte, seinen Sohn bei einem Verein anzumelden, aber das durfte ich natürlich nicht laut sagen.

In der vergangenen Woche hatte Ralfs Sohn zum ersten Mal am Fußballtraining teilgenommen. Während Ralf noch bei der Arbeit war, hatte seine Frau Heike den kleinen Marcus zum Sportplatz gebracht. Als Ralf dann um sechs Uhr nach Hause kam, lag nur ein gelber Zettel auf dem Küchentisch: „Wir sind bei Eller 04!"

Ralf hatte gerade erst für sich beschlossen, eine Fußballpause zu machen, und war total verunsichert. Als Marcus mit seiner Mutter nach dem Training nach Hause kam, lief er ganz aufgeregt auf Ralf zu: „Papa, ich habe den Pfosten getroffen." Und Ralf fiel nichts Besseres ein, als zu sagen: „Toll, dann gehen wir das nächste Mal zum Eishockey." Doch seine Frau wies ihn zurecht: entweder oder. Wenn er seinen Sohn vom

Fußball abbringen wollte, sollte er sich was anderes einfallen lassen als Eishockey. Ein Musikinstrument zum Beispiel. Aber davon hatte Ralf überhaupt keine Ahnung. Dann doch lieber Fußball, dachte er.

„Da habe ich gedacht, was bin ich eigentlich für ein Vater: Jahrelang fiebere ich dem Moment entgegen, wo mein Sohn anfängt, Fußball zu spielen, und wir mal zusammen ins Stadion gehen können, und dann mache ich eine Woche vor dem ersten Training einen Rückzieher." Nun wollte er uns fragen: Durfte er seinen Sohn zum Fußball begleiten? Niemand wollte ihm das ernsthaft verwehren. Aber so leicht konnten wir ihn nicht davonkommen lassen, zumindest ich nicht.

Ich deutete mit dem Zeigefinger auf Ralf. „Bevor es hier heißt, ‚Alles kann, nix muss': Wir sind hier nicht im Swingerclub! Sei dir der Konsequenzen bewusst: Dein Sohn wird von nichts anderem erzählen, er wird mit dir die ganze Zeit spielen wollen, und du wirst unweigerlich ein Talent in ihm entdecken – da kannst du machen, was du willst."

Karl nickte, zum Glück. Dabei war sein Sohn Oliver immer eine Niete gewesen. Es reichte damals nicht mal für die D2, und aus der Hochschulsportgruppe in München war er auch schon geflogen.

Das größte Problem seien die Auswärtsfahrten, mahnte Karl, aber Ralf kannte das ja selbst aus der eigenen Kindheit. Wenn die Eltern die Kinder zu den Spielen kutschierten und auf der Rückfahrt alle die Bundesligakonferenz im Radio hören wollten. Was das anging, konnte Ralf jedoch beruhigen: Die Spiele in der F-Jugend fanden meist schon frühmorgens statt. Eigentlich würde es erst ab der C-Jugend oder so brenzlig werden mit der Radioübertragung.

Ich war mir nach wie vor nicht sicher. Vielleicht war es besser, offen zu sein und mit dem Sohn zu reden. „Wie soll das denn gehen?", fragte er. „Du, mein Sohn, ich bring dich gerne zu den Spielen, ich find's super, dass du spielst, aber mach bloß nicht das Radio an oder rede mit mir darüber." „Ja, und sag ihm vielleicht so was wie: ‚Dieser Sport hat mich zu einem Wrack gemacht'", ergänzte ich.

Aber Ralf fühlte sich gar nicht wie ein Wrack. „Ich bin doch immer ganz ruhig. Fußball beruhigt mich", sagte er, und ich begriff einmal mehr, wie unterschiedlich Fußballfans den Sport doch wahrnahmen. Auf jeden Fall war das alles haariger als gedacht – all diese verdammten Lebensentwürfe. Ich hatte ja eine gemischte Gruppe gewollt, aber da saß ich nun am Tisch, mit der Mitte der Gesellschaft, und sollte bei der Freizeitplanung für ganze Familien mitentscheiden. Aber irgendwie fand ich das auch geil.

„Seid ihr jemals an einer Coladose vorbeigelaufen, ohne sie zu treten, sie zumindest sanft zu streifen?", fragte Ralf, und ich dachte wiederum, wie ähnlich wir uns doch alle in vielen Dingen waren. „Ohne zu glauben, nein, zu wissen, man hätte selber ein Fußballstar werden können? Ich weiß gar nicht, woran die anderen immer denken, wenn ihnen langweilig ist."

Karl, die Frohnatur, hörte sich das eine Weile an. Dann sagte er: „Ich glaube, die meisten haben so ihre geistige Insel. Aber manche stehen ihr ganzes Leben am Meer und sehen, wie das Unwetter aufzieht."

„Geistige Insel – was ist denn das für'n Scheiß?", wetterte Sven, der ein bisschen irritiert war, dass die rheinische Frohnatur hier einen auf Glückskeks-Philosoph machte. Karl sagte nur etwas von einem Buch, das ihm letztens in die Hände gefallen war.

Ralf ermahnte ich, er solle sich genau überlegen, ob er wirklich mitziehen wolle. Wir bräuchten keine Abweichler, das müsste eisern durchregiert werden. „Ich habe dich im Blick", sagte ich zu ihm. „Go big or go home!" Das hatte ich von meinen Bankfreunden gelernt. Sven schlug die Hände vors Gesicht.

Ich hielt eine kurze Rede, über Schlachten, die kommen werden. Und ich störte mich nicht an Sven, der mich anstarrte, als wäre ich nicht ganz dicht. Dabei war das doch nur Trainerjargon. Und ich war nun mal der Kapitän, ob die anderen wollten oder nicht. Und so mimte ich dann auch den modernen Trainer, redete von Entwicklungsprozessen, von Potenzialen und dem großen Ziel.

„Was spielst du dich hier so auf? Große Ziele?", schnaubte Sven verächtlich. „Bist du hier Joschka Fischer, oder was? Wir sind hier nicht in Frankfurt, Daniel." Er wurde ruhiger und schaute mich direkt an: „Ich bin 39. Ich habe keinen Bock mehr, eine Partei zu gründen oder so eine Scheiße. Ich will den Fußball loswerden, wie, das ist meine Sache." Na super, und ich dachte, er könnte mein Vize werden. „Dann erzähl uns doch mal, wie du dir das vorstellst!"

„Keine Ahnung, ich dachte, das besprechen wir hier in aller Ruhe. Konnte keiner wissen, dass du hier 'nen Verfassungsvertrag vorbereitet hast. Wenn du hier eine Sekte gründen willst oder einen ganzen Staat, dann sag das lieber gleich. Ich will einfach weg vom Fußball."

Fürs Erste blieb nur der Plan für den kommenden Samstag: eine Fahrradtour. Sven hatte gar kein Fahrrad, aber er wollte sich eines von seiner Freundin leihen. Karl kannte eine Fahrradstrecke am Rhein entlang und schlug vor, sich um halb vier am S-Bahnhof in Garath zu treffen. Verdammt, dachte ich erst. Der Treffpunkt war doch eines der ersten Grundprinzipien gewesen. Aber dann willigte ich ein, so eine Gruppendynamik war wohl doch wichtiger als eine Tagesordnung.

„Und bis dahin?", fragte Ralf noch vor dem Abschied, „keine Zeitung, keine Vorberichte, keine Tippspiele?" „Die

Pokalspiele sind die persönlichen Generalproben. Und ich werde euch nicht kontrollieren", sagte ich, ganz der moderne Teamchef. „Aber wenn ihr Probleme habt: Ihr könnt mich jederzeit anrufen."

Saisonauftakt

Die erste Auswärtsfahrt

Die Woche bis zum Saisonauftakt steuerte ich wieder diverse Fußballforen an, immer noch auf der Suche nach neuen Mitstreitern. Aber es war wie verhext: Das Fußballfieber griff immer weiter um sich – das ganze Land war wie benebelt, und ich wurde nach meinen Fragen nur müde belächelt. Dennoch ging ich gestärkt aus dem Pokalwochenende hervor. Drei unserer vier Vereine flogen aus dem DFB-Pokal. Wormatia Worms, TSV Havelse und Preußen Münster hießen die Stolpersteine, nur die Fortuna hatte sich bei Wacker Burghausen durchgesetzt. Es war höchste Zeit, dem Unsinn ein Ende zu bereiten. Ich hatte den Tag im Freibad verbracht. Die ersten DFB-Pokalrunden waren für einen Möchtegern-Fußballabstinenzler ein vergleichsweise leichtes Spiel.

Am Treffpunkt kam nur Karl etwas zu spät. Er war mal wieder bester Laune, trug einen leichten Pullover, auf dem „Einfach gestrickt" stand, und rief uns zur Begrüßung entgegen: „Na, seid ja alle da? Habt ihr es alle in die zweite Runde geschafft?" Ralf, Sven und ich mussten an Havelse, Worms und Münster denken und guckten peinlich berührt zu Boden. Wir wollten uns aber auch nichts anmerken lassen. Karl hatte erwartungsgemäß das professionellste Rad. Klar, ein echter Düsseldorfer, rheinerfahren von zig Ausflügen mit Familie, Fanklub und Kegelverein. Sein Rad hatte einen breiten Sattel und eine große Lenkertasche, aus der ein Handtuch und eine 1,5-Liter-Flasche Wasser guckten. Ralf hatte ein einfaches City-Rad, das es in jedem Supermarkt gab. Nur Sven sah mit dem Rad seiner Freundin etwas unglücklich aus.

Als Sven und Ralf die Köpfe zusammensteckten, wurde ich kurz hellhörig. Schließlich hatte Werder am Abend vorher in Dortmund gespielt, und Hertha hatte im dritten Saisonspiel das erste Mal gewonnen. Die zweite Liga war schon in vollem Gange. Doch als ich genauer hinhörte, besprachen sie nur mögliche Gefahrenstellen der heutigen Tour. Als sich Sven dann auch noch zu mir umdrehte und aufschrie: „Du hast einen Pulsmesser?“, wollte ich lieber doch nicht kleinlich nachfragen, ob und wo sie die Ergebnisse gehört, geschweige denn, ob sie die Spiele gesehen hätten.

Wir radelten durch ein Naturschutzgebiet zur Fähre, die uns auf die andere Rheinseite bringen sollte. Was Menschen im Rheinland eben so machen. Es ging vorbei an Fußballplätzen, auf denen keiner spielte, denn wer geht schon an einem Bundesliga-Spieltag bolzen, vorbei an Ausflugslokalen, in denen glückliche Kellner große Schnitzel und Bierkrüge trugen. Wir redeten über Kühe, über Schweine, doch als Karl von Paderborn anfing, wechselten wir lieber das Thema.

Sven fuhr die meiste Zeit hinterher und brabbelte etwas vor sich hin – wie ein stoffeliger Schuljunge. Sven war sein Auftritt selbst ein bisschen peinlich. Karl rief ihm einmal zu: „Ist wohl das Bremer Motto: schwach anfangen, stark nachlassen.“ Aber Sven winkte nur ab. Er nutzte den Ausflug, um rauszukommen – und, ja: um Fahrrad zu fahren. Sabine, seine Freundin, war fast ein bisschen stolz, dass er jetzt mal etwas unternahm. Sonst hing er immer mit ihren Freunden rum und erzählte Geschichten aus der Postannahmestelle und der Fankurve. Das mochten die Soziologen. Auch in dieser Hinsicht hatte Sabine einige Erwartungen an Svens neue Clique. Um Sven machte ich mir keine Sorgen, zumindest nicht, was seine guten Absichten betraf, vom Fußball loszukommen. Ein Bremen-Fan, der die meiste Zeit von Erfolgen verwöhnt gewesen war und auch nur darüber nachdachte, auszusteigen, der musste es ernst meinen.

Und so radelten wir, als hätten wir unser ganzes Leben lang nichts anderes gemacht. Die Ruhe trug uns durch die Wiesen des Rheinlandes. Als wir einmal an einer Dauercamping-Anlage vorbeifuhren, hörten wir das leise Knattern eines Radios, wir glaubten, die Stimme von Sabine Töpperwien zu hören, und traten noch einmal stärker in die Pedale.

Als wir endlich auf der Fähre waren und 1,50 Euro für die fünfminütige Fahrt bezahlt hatten, war es mittlerweile halb fünf. Gerade hatte die zweite Halbzeit begonnen. Erster Spieltag, das Wiedersehen mit den Freunden aus der Kurve, das kurze Nicken zu den Leuten, die man nur vom Jubeln kennt, wenn man nach allem greift, was zwei Schultern hat. Das Warten hatte ein Ende, und wir? Wir tuckerten mit Senioren und Familien auf dem Rhein herum.

„Meine lieben Gäste", sagte auf einmal die knatternde Stimme aus dem Lautsprecher. „Vielen Dank, dass Sie mit unsere Fähre fahren. Ist ja auch viel schöner als im Stadion."

Keiner wusste, wie er sich verhalten sollte. War das witzig, erlaubt, noch im Rahmen? Die anderen drei guckten mich an. Aber ich wusste es selbst nicht.

„Und sie verpassen ja auch nichts …"

Sven war der Erste: „Scheeeeeiße!"

Ich schrie: „Stellung!" und schmiss mich auf den Boden. Das hatte ich bei der Bundeswehr gelernt.

„… die Halbzeitstände aus der ersten Fußball-Bundesliga: Hamburger SV …"

Die umstehenden Leute schüttelten den Kopf, ein Mann mit Schnauzbart lächelte väterlich, der dachte wohl, Svens Schrei hätte sich auf die Ergebnisse bezogen. Sven war natürlich nicht bei der Bundeswehr gewesen und war stehen geblieben. Dafür hatte er rechtzeitig die Hände an die Ohren gerissen. Sein Fahrrad war dabei umgefallen, einer Frau mit Kind im Arm vor die Füße. Sven presste weiter beide Hände an die Ohren, nicht ohne die Frau im Blick zu behalten.

Als das letzte „… zu eins“ aus dem Lautsprecher kam, stand ich langsam wieder auf, klopfte verlegen den Staub von meinen Jeans und versuchte, so zu gucken, als ob ich aus Versehen hingefallen wäre. Sven zog das Fahrrad wieder hoch und nickte der Frau mit dem Kind zu, die ihn aber nur entgeistert betrachtete. Von drüben hob Ralf den Daumen. Die Luft war wieder rein.

„Große Abwehrleistung, Sportsfreunde, der Neuer hätte sicher einen reingelassen“, sagte Ralf zu Sven und mir. Karl stand kreidebleich ein paar Meter entfernt, keine Ahnung, was der hatte.

So landeten wir auf der anderen Rheinseite, liefen durch die alte Festungsstadt Zons, die direkt an den großen Schotterparkplatz hinter dem Deich grenzt. Eine Pause kam nicht infrage, nicht mitten im Spiel. Am Zollturm gingen wir durch das Rheintor ins Innere des historischen Stadtkerns. Während in Fußball-Deutschland die Schlussphase des ersten Bundesligaspieltags begann, während überall Menschen die Schlusskonferenzen in den Dutzenden Radiosendern einschalteten, schlenderten wir übers Kopfsteinpflaster, vorbei an Läden mit Puppenspielzeug und Esoterikkram.

Um 17:17 Uhr hob ich einmal den Daumen, ich zeigte auf das Zifferblatt, dann schlugen wir ein – kurz und kräftig wie im Stadion. Es begann die knifflige Zeit des Wartens. Zu meiner Nürnberger Zeit war es für mich das Größte, nach Abpfiff schnell aus dem Stadion zu kommen, um dann noch rechtzeitig vor dem Bericht zum Club-Spiel vor der *Sportschau* zu sitzen. Das hatte ich lange nicht mehr erlebt.

Manchmal, wirklich selten, passierte es, dass ich das Spiel doch nicht live im Stadion, im Fernsehen, im Radio oder übers Internet verfolgte. Dann wartete ich auf die *Sportschau* und versuchte es irgendwie zu vermeiden, in dieser Brückenzeit die Ergebnisse zu erfahren. Das gelang eigentlich nie. Mal drückte ich sorglos die Videotexttafel, mal liefen die Ergebnisse auf Lauftexten bei irgendwelchen windigen Nachrichtensendern. Meistens jedoch rief jemand an. Dann zögerte ich immer erst, hinzugehen, und ging dann doch. Ich hatte schon immer das Problem, dass ich das Telefon nicht einfach klingeln lassen konnte, wenn schon mal jemand anrief. Und so erfuhr ich die Ergebnisse an solchen Tagen zwischen 17:15 und 18 Uhr mal von meinem Vater oder auch von meiner Exfreundin Alexa. Die spielte da lange ein undurchsichtiges Spiel mit mir.

Wir dachten daran, auf dem schnellsten Weg zum *Lot Jonn* zu fahren. Ralf hatte Angst, dass die da Fußball zeigen könnten, aber ich sagte, dass ich das bei der Besichtigung geklärt hatte. Sven schüttelte den Kopf. „Besichtigung? Du Kontrollnazi!"

„Ja, Besichtigung. Ich habe gefragt, ob die Fußball übertragen, und da hat die Kleine an der Bar die Augen verdreht und gesagt, dass sei so 'ne Philosophie vom Chef, dass die keine Bundesliga zeigen."

„Was ist denn das für 'ne Scheißphilosophie?", raunzte Sven.

Ralf gab zu bedenken, dass es ja sein könne, dass samstags der Chef nicht da sei, irgendwann müsse er schließlich Wochenende machen, da sei das Wochenende ja die richtige Gelegenheit dafür. Und dann seien die Kellner alleine, und wenn dann Gäste ankämen ... – wer weiß, wer weiß? Der Kunde wäre ja König, das würde der Chef wahrscheinlich auch so sehen, dann war es doch um 17:20 Uhr nicht auszuschließen, dass diese eine Kneipe in Bilk in einer Stunde nicht vielleicht doch mal Fußball zeigte.

„Anrufen“, rief ich und griff zu meinem Handy. Hier waren jetzt Entscheidungen gefordert! Nicht quatschen, machen! Ich hatte schließlich eine Verantwortung für die Gruppe. Ich musste wieder an Matthias Sammer denken, an den Co-Trainer der Sportfreunde in Unterreichenbach und kurz, ganz kurz auch an die Blondine dort.

„*Lot Jonn*, hier ist die Silke.“ Na endlich.

„Hübner, hier. Guten Tag. Sagen Sie mal, zeigen Sie heute die *Sportschau*?“

„Nee, wir zeigen nur die Live-Spiele im Öffentlich-Rechtlichen: Länderspiele, Champions League und so. Kein Sky, keine *Sportschau*. Ist so ’ne Philosophie von unserem Chef. Der hat es nicht so mit Fußball, dabei haben unsere Kellner sogar eine Thekenmannschaft.“

„Okay, danke.“ Ich stockte. Länderspiele, Thekenmannschaft – das *Lot Jonn* war verminter als gedacht. Die anderen glotzten mich an. Aber denen gegenüber durfte ich keine Schwäche zeigen.

„Ein Moment noch: Läuft denn der Fernseher grundsätzlich zwischen 18 und 20 Uhr?“

„Kann schon sein, manchmal laufen so Dokumentationen im Hintergrund.“

„Haben Sie Videotext?“

„Ja, warum?“ Ihre Stimme klang irritiert bis leicht genervt.

„Können Sie ausschließen, dass jemand, während der Fernseher läuft, den Videotext einschaltet?“

„Äh, nein?! Willste hier ’ne Entführung vorbereiten, mein junger Freund?“

„Was geht Sie das denn an? Und seit wann duzen wir uns?“, fragte ich. Ich legte auf, auch wenn das Wort im Handyzeitalter irgendwie unsinnig geworden ist. Die anderen starrten mich an.

Ralf: „Was ist los, nun sag schon: Konnte sie ausschließen, dass jemand den Videotext einschaltet?“

Karl versuchte zu beruhigen, faselte irgendwas von Kür und dass wir darauf doch schon stolz sein könnten. Ich war mir nicht so sicher, worauf wir stolz sein sollten: auf einen zweistündigen Ausflug, bei dem es letztlich doch wieder nur um Fußball ging?

In diesem Moment stellte Karl sein Fahrrad ab und ging zwei Schritte in die Mitte des Halbkreises, den wir mit unseren Fahrrädern gebildet hatten. Ralf machte das Gleiche, Karl streckte seine Arme aus, legte seinen linken auf Ralfs Schulter, zog mit dem rechten Sven heran. Ich zögerte, wir wollten doch gleich wieder los, aber die drei nickten mir nur zu – sie waren stärker. Sven schmiss sein Fahrrad zu Boden, packte mich an der Schulter.

So standen wir dort auf der anderen Seite des Rheins, dort, wo der 1. FC Köln, Borussia Mönchengladbach und Alemannia Aachen spielten, aber irgendwie auch immer noch der KFC Uerdingen. Wir standen im Kreis, vor der Stadtmauer zwischen Zollturm und dem alten Krötschenturm, unsere Köpfe berührten sich ganz leicht, so dass wir unsere Haare spüren konnten, und niemand sagte etwas. Nur Karl holte einmal tief Luft und atmete durch. Und so schoben wir uns zusammen und wussten, dass egal, wie es um uns herum stehen mochte, wie die Spiele ausgegangen waren: Wir hatten an diesem Tag gewonnen – zumindest mal uns.

Wir fuhren zurück, und während wir an Kühen vorbeiradelten, klatschten die Spieler des Clubs ihre Fans ab. Nürnberg gewann an diesem Tag 1:0 in Hamburg und Fortuna Düsseldorf 2:0 in Augsburg. Karl und ich hätten einen wunderschönen Tag haben können, Auswärtssiege zum Saisonbeginn waren wie früher schöne Referendarinnen zum neuen Schuljahr. Stattdessen ackerten wir uns durchs niederrheinische Flachland und ahnten noch gar nicht, was wir in den Stadien verpasst hatten.

* * *

Für Karl war der Tag noch lange nicht vorbei. Nachdem wir noch zwei Bier im *Lot Jonn* getrunken hatten, ohne ein Ergebnis zu erfahren, war Karl müde und stieg in die Straßenbahn. Er stand in der Mitte, die sie „Türraum" nennen. Offiziell hatte er Angst um sein Rad, inoffiziell Sorge, dass er ohne Zusatzticket erwischt werden würde. Er sah in jedem Fahrgast einen potenziellen Kontrolleur, doch der Mann, der von hinten auf ihn zuwankte, war schlimmer als jeder Kontrolleur: Es war sein Fortuna-Kumpel Racho.

„Mensch, Pommes, alten Wemmser, der du bist", sagte er. Racho, Fanklub-Mitglied Nummer 6. Er packte Karl in den Nacken, wie das wohl nur Kleintierzüchter und Fußballfans machen.

„Ey, Racho, schön, dich zu sehen."

Racho roch wie eine Halbgardine aus einer Kneipe, wo sie nebenbei noch Pommes frittieren. Er hatte die eine Hand auf Karls Schulter, mit der anderen klammerte er sich am Haltegriff fest. Er sah nicht besonders trittsicher aus, der Türraum tat sein Übriges. „Ist was passiert?", fragte Racho ruhig und langsam. „Rainer hat da so was angedeutet. Wir sollen dich selber fragen, meinte er." Karls Freunde hatten das Spiel gemeinsam in der Altstadt in einer Fußballkneipe geguckt.

„Nee, mir geht es gut", meinte Karl. Er war sich bewusst, in welcher Falle er steckte. Als würde es mit Racho etwas anderes geben als Fußball. Erst recht am Samstagabend, noch dazu am ersten Spieltag! Ja, das Fahrrad, sagte er, ja, das würde er jetzt öfter benutzen, ja, auch in Straßenbahnen, ist ja umweltfreundlich, und klar, ein Extraticket habe er gelöst. Racho stand mit seinem knallroten Gesicht dicht bei Karl und kniff seine Augen zusammen. „Was für ein Tag. Hast sicher schon gehört?"

Karl starrte ihm ins Gesicht. Mehr kam Racho nicht über die Lippen. Warum auch, warum sollte Karl das noch nicht wissen? Karl war in seinem Fanklub multimedial ganz vorne.

Er hatte ihn so lange gefürchtet, diesen Moment. Doch nun stand Karl da, starrte und wusste nur, dass es „was für ein Tag" gewesen war. Und dass Racho ordentlich einen im Tee hatte. Karl wählte die Offensive: „Klar hab ich es schon gehört. Neil Armstrong ist tot, der erste Mann aufm Mond."

Racho stutzte sichtlich. „Weiß ich doch." Sein Körper und vor allem sein Kopf wackelten betrunken hin und her. Nur weil er sich am Riemen hielt, blieb er auf den Beinen. „Weiß du, Karl, der Armstrong wird sich auch gedacht haben: Ich habe alles gesehen, den Mond und jetzt dieses Fortuna-Comeback. Ein guter Tag, um abzutreten. Mehr kommt nicht."

Verdammt, was sollte das bedeuten? Sollte Karl sich freuen, sollte er nachfragen und seine Unwissenheit erklären? Oder sollte er sich ärgern, weil er das Ergebnis erfahren hatte, zumindest die Tendenz? „So ein Unsinn", sagte er, „denk doch mal an die Zeitverschiebung!"

Aber Racho blieb stur: „Nein, echt, Schnalle hat Neil Armstrong heute in Augsburg im Stadion gesehen. Nach dem zweiten Treffer von Dani Schahin blickte er lange in den Himmel. Sein Freund, der Mond, war noch nicht da. Dann ging er mit einem Lächeln im Gesicht aufs Gästeklo und kam nie wieder. Wenn jemand Leben auf den Mars bringt, dann ist es unsere Fortuna. Sieh es mal so: Neil hatte seinen würdigen Nachfolger gefunden."

Kleine Kinder und Betrunkene mögen ja vielleicht die Wahrheit erzählen, aber Racho war jenseits von Gut und Böse. „Racho, mach dir doch nix vor! Das ist doch alles totaler Unsinn. Dieser ganze Mondscheiß und überhaupt: dieser ganze Fußball. Das bringt doch alles nur Unheil!"

„Da sieh mal einer an!“ Racho wurde lauter, die ersten Menschen drehten sich zu ihnen um. Karl guckte auf den Boden. Doch Racho plärrte weiter: „Herr Wöhlert ist jetzt unter die Naturfreunde gegangen und findet Fortuna scheiße. Falls es dich interessiert: Wir spielen nächste Woche gegen Gladbach. Da können wir ja mit dem Fahrrad ins Stadion fahren.“

Karl wusste nicht, wie er es Racho erklären sollte. Ihm, der eigentlich Volker hieß, der 1991/92 auswärts mehr Frauen geknutscht als Fortuna Punkte geholt hatte. Den sie „Racho“ nannten, weil er ’96 nach der 0:4-Niederlage in Dortmund an der U-Bahnhaltestelle beim Westfalenstadion voll Karacho aufs Gleisbett geknallt war und dem sie tagelang im Krankenhaus erzählt hatten, Fortuna hätte noch 5:4 gewonnen. Racho, mit dem es seit Jahren spürbar bergab ging, der an nichts mehr glaubte, außer an die Unsterblichkeit der Fortuna.

„Gladbach kann ich nicht, da bin ich aufm Trödelmarkt“, sagte Karl ruhig. Es entstand eine fürchterliche Pause, bis Karl nachschob: „Mit ein paar Freunden.“

„Also, das glaube ich jetzt nicht“, schrie Racho. „Echt nicht! Weißt du, was wir uns für Sorgen machen? Der Schädel meinte schon, du hast sicher Krebs, deine Enkelin ist tot oder so, und du machst Fahrradtouren mit deinen neuen Freunden vom Naturschutzbund.“ Racho guckte Karl mit einer Mischung aus Verachtung und Traurigkeit an – ein betrunkener, 50 Jahre alter Mann.

„Die sind nicht vom Naturschutzbund, Racho, die sind echt in Ordnung. Außerdem: Warst du überhaupt schon mal aufm Trödelmarkt?“ Der Ton wurde jetzt giftiger. Racho war noch nie auf dem Trödelmarkt gewesen, natürlich nicht, warum auch, aber er wisse, wo der sei, sagte er. Und überhaupt: In Asien sei er auch noch nie gewesen. Wenn man überall hinwolle, wo man noch nie war, dann käme man ja nie zur Ruhe. Außerdem könne man solche Dinge auch an spielfreien Tagen machen.

„Na dann, viel Spaß nächsten Sonntag in Asien", sagte Karl, und Racho verdrehte die Augen. „Weißt du was, Karl? Nach Asien oder Afrika reisen doch jedes Jahr Millionen Menschen, all diese Rucksackheinis, all die Kulturnazis und Sextouristen. Aber in Teveren, Plattling, Bocholt, Homburg, Salmrohr oder Zwickau – da waren nur wir!"

Karl stockte plötzlich und guckte aus dem Fenster. „Verdammt, Plattling", sagte er leise. „2:1 nach Verlängerung. Uwe Fuchs." „Nee, Micha Preetz war das, oder?", meinte Racho, der Micha wie Mischa aussprach. „Kaum zu glauben, der Preetz", raunte er.

Zu allem Überfluss fing im hinteren Teil der Straßenbahn eine Dreiergruppe an zu singen: „Die Fortuna ist mein Verein! Mein Herz, das schlägt für Düsseldorf am Rhein. Da kannste jeden in Deutschland fragen, F95 ist einfach nicht zu schlagen." Und dann noch mal und noch mal, von Mal zu Mal wurden sie lauter. Karl schwieg, eine Strophe lang, schaute nach hinten zu den Fans, dann Racho ins Gesicht.

„Ein geiles Lied!", sagte er ernsthaft. „Racho, trotzdem! Ich will nicht mehr. Das Gerede von früher, da war doch auch vieles scheiße: die langen Fahrten, die alten Stadien, wo du im Gästeblock nichts gesehen hast, die miesen Kicks, die Klamotten nass, Niederlage durch Abseitstor. Dann wieder ins Auto, erst Warten aufm Parkplatz, dann Stau. Und am Montag arbeiten, als ob nichts gewesen sei."

„Hey, Pommes, wie meinst du das denn jetzt? Das ist doch immer noch so. Deswegen machen wir das doch. Genau deswegen."

Es war ein lauer Sommerabend, in der Bahn saßen junge Gruppen mit Bierflaschen in der Hand, startklar für den Abend, Pärchen, die von einem Ausflug kamen. Irgendwann konnte Karl sein Gerede selbst nicht mehr hören und gab sich einen Ruck: „Weißt du, Racho, ich will dir nicht länger etwas vormachen. Der Fußball hat mir nichts getan. Aber es ist so: Ich habe Probleme mit dem Herzen. Und der Arzt hat mir geraten, mich von der Fortuna fernzuhalten."

Racho nickte stumm. „Na, dann bist du bei den Fahrradfahrern ja richtig aufgehoben, kannst dich ja mit Eigenblut dopen. Bei uns bist du jedenfalls jederzeit willkommen", sagte Racho und wirkte fast ein wenig väterlich. „Im Block wird immer ein Platz für dich frei sein."

„Ich weiß, Racho, ich weiß."

Als Karl ausstieg, gab er Racho die Hand, ganz normal und nicht so kumpelig eingeschlagen wie all die Jahrzehnte zuvor.

Abwehrschlachten

Eine Woche später stand der Trödelmarkt auf dem Programm. Ich kam etwas zu spät ins *Lot Jonn*, zwei Minuten, aber ich hatte meine Gründe.

„Bist du wahnsinnig", schrie Sven quer durch die Kneipe, als ich mich durch den Vorhang am Eingang schob. Oh Gott, war das wieder peinlich. Silke, die Kellnerin, guckte sofort zu mir. Ich hatte einen Wäschekorb in der Hand, da drin war alles, was das Fanherz begehrt: mein Schal, mein Trikot, mein Wimpel. Wenn schon aufhören, dann richtig, und wenn schon Trödelmarkt, dann richtig! Meiner Kapitänsrolle würde das sicher gut tun. Die Fahrradtour war in dem Sinne nicht ideal verlaufen. Und ich wusste nicht, welche Haken die Jungs über die Woche geschlagen hatten. Karl war jedenfalls noch nicht da.

Ich ging gelassen auf den Tisch zu, ein bisschen Irritation hatte ich eingepreist, wie die Banker sagen, und ich war ja schließlich Banker. Aber die Jungs waren doch hartnäckiger, als mir lieb sein konnte. „In dem Korb sind mindestens 20 Liegestütze drin", sagte Ralf, aber ich pochte darauf, sie nicht direkt angefasst zu haben, und darauf kam es an.

„Du hast doch nicht etwa gestern Abend das Spiel gesehen?", fragte Sven, als ich mich gerade gesetzt hatte. Er schaute mir direkt in die Augen. Ich saß auf der Anklagebank. „Gib es zu: Du hast gestern Abend das Spiel gesehen, mach uns doch nichts vor! Mainz gegen Fürth! Du hast dich geschämt, es war ein Grottenkick, das verschlimmerte noch die Enttäuschung über dein Fehlverhalten, und dann hast du dich nachts, vielleicht nach zwei, drei Bieren zu viel, zu dieser Überreaktion entschlossen."

Ich sagte nichts, und Ralf setzte nach: „Ehrlich, Capitano. Du willst hier der Teamchef sein?"

Verdammt. Sie hatten recht, ein bisschen zumindest, aber es reichte. Ich war am Abend vorher in einen Hinterhalt geraten. Ich wollte zwei, drei Bier mit Arbeitskollegen in der Altstadt trinken, aber die ersten Kneipen waren Mist, überall in der Stadt nur verkleidete Männergruppen, Junggesellenabschiede. Also gingen wir in eine düstere, leere Kneipe mit langer Theke. Erst beim zweiten Bier merkte ich, dass Fußball auf dem kleinen Fernseher am anderen Ende der Theke lief, und schaute hin, aber nur kurz. Es lief bereits die 80. Minute, na ja, zwei Angriffe hatte ich abgewartet. Dann leerte ich das Bier und fuhr nach Hause.

Ralf und Sven guckten sich gegenseitig an und nickten. Einen Rückfall wollte das niemand nennen, eher eine „logistische Fehlplanung", wie Sven aus seinem Post-Jargon zitierte. Ich war heilfroh, als Karl hereinstolperte. Der war offenbar bester Laune: „Na, ihr Hübschen", begrüßte er uns. Karl gab uns die Hand, wie im Stadion schlugen wir ein. Etwas zu kumpelig, wie ich fand.

„Und seid ihr sauber geblieben diese Woche oder habt ihr gestern Abend auch das Spiel geguckt?"

„Wieso auch?", fragte ich nervös.

„Ja, nee, ich frag ja nur, soll ja ein Grottenkick gewesen sein."

„Woher weißt du das?"

„Ja, ich hab halt die Überschrift in der *Rheinischen Post* gelesen, denke mal, das ist okay."

„Na ja, okay, okay", meinte Sven, „aber du hast ja eben ‚auch' gesagt: Habt ihr ‚auch' das Spiel geguckt?"

Karl wurde ganz still und erzählte: „Ein Kumpel, Schnalle, der wollte, der guckt alles, auch Mainz gegen Fürth. Schließlich hatte ich ja für heute abgesagt, da hatte er wohl eine Art Hoffnung. Aber ich habe gesagt, ich müsse aufs Kind aufpassen. Ich meine, jetzt mal unter uns: Von dem ganzen Projekt konnte ich denen doch nichts sagen. Selbsthilfegruppe, wie das klingt. Und außerdem will ich denen auch nicht ihr Hobby vermiesen."

„Also hast du das Spiel letztlich gar nicht gesehen?", fragte Ralf.

„Nein, in Teufels Namen!"

„Ach so, Daniel schon."

Es half alles nichts. Was sollte ich mich blöde herausreden? Nein, lieber stand ich von mir aus auf und machte zehn Liegestütze. Führen durch Vorbild, das hatte ich bei der Bundeswehr gelernt. Silke und die Kneipengäste guckten erwartungsvoll zu uns rüber, was wir da wohl im Schilde führten. Die anderen drei grölten aber keineswegs, sondern drehten sich peinlich berührt weg, während ich dort unten auf dem Boden still pumpte.

Die Aktion mit den Fußballdevotionalien machte die Sache nicht besser. Karl wies darauf hin, dass ich ohnehin nichts verkaufen konnte. Dazu hätte ich einen Stand gebraucht und eine Genehmigung. Außerdem hätte ich spätestens um sieben Uhr da sein müssen, mit Teekanne, Kasse und dem ganzen Gedöns.

Das Trödelmarktgelände an der Aachener Straße erreichten wir um kurz vor vier. Neben dem Gelände war eine große Schützenhalle, daneben eine Autowerkstatt. Am Eingangstor kamen uns Massen entgegen: Glückliche Menschen schoben gemeinsam Einkaufswagen, gefüllt mit Plattenspielern, Lampen und Büchern, oder sie trugen alte Kommoden zum Parkplatz.

Wir liefen ziellos den Hauptweg hinein: neugierig, aber verunsichert und ahnungslos, was uns in dieser völlig fremden, glücklichen Welt erwarten würde. Von der Seite kam Musik aus dem *Café Sperrmüll*, daneben standen ein paar Imbissbuden. Karl meinte lapidar, dass wir später noch ins *Café Sperrmüll* könnten. Da sei nichts zu befürchten. Fußball hörten die bestimmt nicht. Mir war die Sache noch nicht ganz geheuer. Der Platz war nicht nur groß wie ein Fußballfeld, es lauerten auch überall an den Ständen Radiogeräte.

„Fortuna-Fans, wo seid ihr?", schrie Karl plötzlich. Ich erstarrte. Der alte Fortuna-Ruf! Das ging ja gut los. Die Leute drehten sich nach uns um, ich schaute auf den Boden, Ralf und Sven auch.

„Seht ihr?", sagte Karl. „Die Fußballfans sind doch alle im Stadion."

„Aber Fortuna – Gladbach ist doch erst heute Abend", sagte Sven.

„Echt?", fragte Karl, und ich erschrak. Das wusste ja sogar ich.

So oder so war es mir schon immer unangenehm, über Trödelmärkte zu bummeln. Überall Stände mit Antiquitäten, Klamotten, Büchern und Schallplatten, alles Dinge, von denen ich nicht sonderlich viel Ahnung hatte. Früher musste ich auf Partys eine ganze Reihe von Themen meiden, Fußball natürlich, weil mich das schnell wütend machte, Bücher und Musik, weil ich keine Ahnung hatte, und Frauen, da traf beides zu: Ich hatte keine Ahnung – und es machte mich wütend. Insofern war es nicht ganz so schlimm, dass ich seit meinem Umzug nach Düsseldorf nicht mehr auf Partys eingeladen wurde.

Selbst wenn diese ganze Geschichte hier gut ausgehen sollte, bezweifelte ich, meine Samstagnachmittage in Zukunft auf Trödelmärkten zu verbringen. Meine Begleiter sahen das anscheinend anders: Sven fachsimpelte mit Karl an einem

CD-Stand, Ralf probierte drüben eine Lederweste, hing sie aber wieder an den Kleiderbügel, als Sven kurz rüberguckte.

So schlenderten wir langsam über den Markt, fast wie beim Bahnradfahren, wenn die Fahrer in den Windschatten wollen und sich zurückfallen lassen. Wer vorne war, trug die Verantwortung, musste sich entscheiden zwischen Ständen mit Spiegeln, Schuhen und Teeservices. Und überall lauerten Attacken in Form alter Sammelalben, Retro-Trikots oder Autogrammkarten.

Diese Unberechenbarkeit war fast wie im Stadion selbst. Fußball ist ja irgendwie die letzte Bastion, die noch Überraschung bietet, abgesehen vom Kasino vielleicht. Früher war das Leben dagegen voller Überraschungen: Niemand wusste, welches Lied als nächstes kommt, wie das Wetter morgen wird, wie die Frau fürs Leben wirklich aussieht. Inzwischen kann man alles auf Wunsch abrufen, bestellen oder suchen. Selbst die Wetterprognose ist in den vergangenen Jahren verlässlicher geworden. Nur dieses Spiel, elf gegen elf, das ist immer anders geblieben. Dieser Sport war immer für Überraschungen gut. Auch wenn sie manchmal wehtaten.

„Toooooooooor in Nürnberg!“

Oh, mein Gott, noch nie hatte ich mich über diesen Ausruf so erschrocken! Ein Mann in Jeansweste stapfte über seine alten Stühle hinweg zum Radio, das hinten auf einem kleinen Holzstuhl neben der Kasse stand. Ausgerechnet Nürnberg, wo Dortmund an jenem Tag spielte.

Ralf ging pflichtschuldig sofort zu Boden und machte Liegestütze. Wir anderen drei hielten uns wie kleine Kinder die Ohren zu, dabei knallte mein Wäschekorb auf den Boden. Trikot, Schal und Wimpel landeten auf dem staubigen Boden des Trödelmarktplatzes, während der Typ mit der Jeansweste die Stimme von Edgar Endres lauter drehte: „Wer hätte das gedacht …?“

Jetzt, dachte ich, jetzt! Ich ging nach vorne auf den Mann zu, dachte an ein Elfmeterschießen, an Frank Baumann und all die anderen Clowns und Helden, für die ich viele Jahre meines Lebens gestorben wäre. Ich sah uns in einer Gefechtssituation, wir brauchten einen „aggressive leader", wie das die Trainer seit einiger Zeit nannten – mich! Ich zeigte mit dem Finger auf den Mann. „Sie da!", rief ich, „machen Sie sofort das Radio aus!"

„... der neue Japaner ...", hörte ich, aber das waren leichte Verletzungen, Streifschüsse, die ich in Kauf nehmen musste.

„Ich?"

„Ja, Sie! Sehen Sie nicht, was hier los ist?", ich war jetzt sehr laut, „was Sie hier anrichten?" Ich zeigte auf Karl und Sven, die sich immer noch die Ohren zuhielten, und auf Ralf, der am Boden immer weiter Liegestütze absolvierte.

„Sag mal, tickt ihr noch ganz sauber?"

Auf einmal packte mich Karl am Arm. „Mensch, Daniel, lass den Mann doch in Ruhe, der hat doch keine Ahnung." Er zog mich vom Stand weg. Der Mann schüttelte den Kopf und murmelte nur: „Nein, keine Ahnung."

Karl legte den linken Arm um mich und nahm mich ein Stück mit. „Daniel, ich finde, du solltest dich mal entspannen", sagte er, ausgerechnet er. Es sei ja für uns alle nicht leicht. Aber deshalb würden wir das ja machen – um uns gegenseitig zu helfen.

„Wir müssen mehr reden, so Aktionen bringen doch nur Unheil", sagte er und schaute mich direkt an. Das fand ich schon irritierend, so eine Predigt von einer rheinischen Frohnatur mit gescheiterter Ehe. Machte hier der Wackelkandidat auf Hobbyprediger Effenberg? Andererseits beeindruckte mich das, und für die moralische Schiene war ich immer schon leicht zu begeistern gewesen. Auch die Art und Weise, wie er auf mich zugekommen war, obwohl im Hintergrund immer noch WDR 2 lief, gefiel mir.

Ich überlegte, ob ich ihn in meine Pläne einweihen sollte, aus dem Ding eine echt große Nummer zu machen, aber in dem Moment kam ich mir lächerlich vor. Ich war ja nicht mal in der Lage, drei Männer unfallfrei über einen Trödelmarkt zu führen. Wie sollte ich da erst ein ganzes Bierzelt steuern? Vielleicht waren wir doch einfach nur eine Selbsthilfegruppe – und Karl war wichtiger als gedacht.

Ich musste dennoch zurück zum Stand, zurück zum Korb, der dort noch auf dem Boden lag. Während die anderen weiterschlenderten, ging ich auf den Standbesitzer zu, diesen Heini mit dem grauen Pferdesschwanz. Ich machte das verdammte Radio aus und sagte dem Typen, wir zwei müssten mal dringend ins Geschäft kommen. Der Bär von einem Mann guckte auf einmal ganz verschüchtert, als wäre ich nicht ganz bei Sinnen. Dabei war ich voll da. Fest entschlossen.

„Ich gebe dir alles, was du brauchst", sagte er mit zitternder Stimme. Ich blieb ganz ruhig und tauschte meine Sachen ein: Für den Schal bekam ich eine Kette, für den Wimpel einen Stein und für das Trikot ein T-Shirt. „Nur ich" stand da drauf, das gefiel mir. Dabei passte ich auf, dass ich nichts anfasste, auf weitere Liegestütze hatte ich keine Lust.

Dass der Typ die Sachen später zur Polizei brachte und meine DNS-Spuren an den Fußballklamotten uns noch viel Ärger einbrocken würden, konnte ich damals noch nicht ahnen. Aber damals waren wir ja noch eine ganz normale Selbsthilfegruppenkiste.

Die taktische Besprechung

Als wir das *Lot Jonn* betraten, fühlten wir uns wie Matrosen, die von hoher See zurückkehrten, die dort draußen vieles gesehen hatten und nun an Land neue Abenteuer suchten. Ein paar Schrammen hatten wir abgekommen, aber wir fühlten uns stark wie noch nie. Das Erste, was ich in der neuen Stammkneipe sah, war wieder die Kellnerin Silke, die hinter der Theke mit der Fernbedienung hantierte. Aber Karl, der vorgegangen war, rief schon: „Die Luft ist rein." Auf dem Fernseher über der Tür lief Snooker auf Eurosport – das war definitiv dünnes Eis. Die Gute kam auch sofort zu uns. „Da seid ihr ja wieder!", sagte sie und grinste. Ich fand das gar nicht witzig.

„Sag mal, seid ihr eigentlich so 'ne Art Nichtrauchergruppe? Ich hab da letztens mit 'ner Kollegin drüber gewettet." Sven fand das offenbar auch nicht lustig: „Sag mal, bist du eine Kellnerin, so eine Art Volksbefragung oder von der Aktion Sorgenkind?", blaffte er zurück. „Damit das klar ist: Wir sind erwachsen und brauchen keinen Babysitter. Wir wissen uns selbst zu helfen."

Sie starrte ihn an, uns war das ganz schön unangenehm. „Wir sind von der CDU", sagte Ralf plötzlich und grinste. „Wir wollen etwas tun, verstehen Sie das? Nicht nur reden, sondern machen. Und wir hätten gerne vier Bier." Silke linste auf meinen Wäschekorb mit dem T-Shirt, der Kette und dem Stein, der neben meinem Stuhl stand, schüttelte etwas ungläubig den Kopf und holte das Bier.

„Bist du bescheuert, Ralf? Das ist doch bestimmt 'ne Studentin, jetzt sind wir bei der unten durch." „Ach komm, Daniel, du kommst doch aus Bayern, was ist so schlimm daran, bei der CDU zu sein?"

Ehrlich gesagt, hatte ich keine Ahnung, was daran schlimm sein sollte. Mein kleiner Cousin war in der Jungen Union in Schwabach aktiv, aber das wollte ich vor Sven lieber nicht laut rausposaunen. Der war ein Linker, daran bestand kein Zweifel. Außerdem hatte ich überhaupt keine Lust, über Politik zu reden.

„Also, ich wähle immer SPD", sagte Karl frei heraus. Ralf entschuldigte sich kurz, nahm sein Handy und ging auf die Toilette. Der hatte zwar den Scheiß angezettelt, aber Politik schien seine Sache nicht zu sein. Dachte ich zumindest damals.

Ich versuchte, die Gemüter zu beruhigen: „Ist doch auch scheißegal, was wir hier wählen. Fakt ist, dass das der totale Mist ist, wenn die hier denken, wir sind der Ortsverband von der CDU." Eigentlich hätte ich auch gerne was dazu gesagt, wie hoch ich die Chancen einschätzte, irgendwann doch mal bei der Kellnerin zu landen. Aber das ließ ich lieber sein.

„Was ist schlimmer?", fragte Sven. „Ein CDU-Stammtisch oder eine Selbsthilfegruppe von Männern, die samstags Fahrradtouren unternehmen, weil sie nicht mehr Fußball gucken wollen?"

„Ein CDU-Stammtisch von Leuten, die sich treffen, weil sie nicht mehr CDU wählen wollen?", fragte Karl.

„Jetzt lasst mal die CDU in Ruhe!", unterbrach Ralf das Geplänkel. Dann wurde er sehr ernst. „Ich habe mir Gedanken gemacht." Wir schauten zu ihm. Ralf war bislang nicht damit aufgefallen, sich Gedanken zu machen. „Ich finde, es muss sich etwas grundlegend ändern", sagte Ralf mit ruhiger Stimme.

„Wir brauchen mehr Stabilität!“ In dem Moment lief die Kellnerin am Tisch vorbei und hob eine Augenbraue. Oh je.

Ralf fuhr fort: „Wir waren jetzt Fahrrad fahren und auf diesem Trödelmarkt. Wir könnten auch baden gehen, später Drachen steigen lassen oder eislaufen gehen. Aber was würde jeder von uns machen, wenn wir uns nicht treffen würden?“

Sven guckte Ralf mit offenem Mund an. „Meinst du dieses Ding mit den geistigen Inseln?“

„Ich meine, was wir hier machen, sind nur Ablenkungsmanöver! Das erklärte Ziel ist es doch, ein Wochenende ohne Fußball zu verbringen, weil wir ihn gar nicht mehr vermissen, und nicht, weil wir die Öffnungszeiten des Trödelmarkts so weit wie möglich ausreizen. Wir können uns doch schlecht jede Woche treffen. So viel gibt es hier doch gar nicht zu tun!“

Ich schaute Ralf direkt an, ein Machtwort war jetzt fällig: „Jetzt halt mal die Luft an, Ralf! Natürlich gibt es viel zu tun. Wir können mit dem Heißluftballon fahren oder mit einem Fallschirm aus einem Flugzeug springen, Städtereisen machen oder Kuchen backen. Es gibt in Deutschland zig Millionen Menschen, die jeden Samstag irgendetwas machen. Frag mich nicht, was!“

„Das ist es nicht“, erwiderte Sven, der Ralf zuvor sehr still beobachtet hatte. „Was wir brauchen, ist eine Sinnstruktur, jeder von uns. Jeder braucht einen Sinn in seinem Leben, nicht nur wir vier. Etwas, woran wir glauben, wo wir drauf hinarbeiten können, was uns Kraft gibt, wenn's mal mies aussieht. Und mal ehrlich: Was ist denn Fußball für eine Sinnstruktur? Das ist ja feige, etwas zum Sinn zu stilisieren, auf das man ohnehin keinen Einfluss hat.“

„Sinnstruktur …“, sagte Karl eher zu sich selbst. Er war kein Freund von großen Reden. „Aber hat man es nicht schon geschafft, wenn Fußball nur ein loser Zeitvertreib ist?“, meinte

Karl. „Guckt euch mal die Tausende, vielleicht Millionen Männer und Frauen an, die sich samstags in der Kneipe treffen und Fußball gucken, die haben ja oft gar keinen Verein. Aber das ist eben 'ne nette Art, seine Freunde zu treffen. Da kannst du Bier trinken und musst dir keine Gedanken übers Gesprächsthema machen."

„Das ist mir zu wenig", sagte ich. „Der Punkt ist, dass man sich auch mit Freunden treffen muss, ohne über Fußball zu reden. Ich meine, dann würde man ja viel mehr voneinander erfahren, persönliche Sachen und so. Das ist ja unter Umständen auch mal ganz interessant." Die drei guckten mich an, dann lachten wir.

„Im Ernst", sagte Sven, „was ist dann unsere Sinnstruktur?" Karl schaute verlegen auf den Tisch. „Na ja, ich habe zuletzt viel übers Segelfliegen gelesen. Aber ich finde nicht, dass das ein passender Sinn ist. Ich meine: Da fliegst du durch die Gegend, und was machst du dann da oben? Nachdenken! Und worüber denkst du nach?"

„Keine Ahnung."

„Eben."

„Da kommst du schon automatisch auf neue Gedanken, wenn du erst einmal oben bist", sagte Ralf.

„Aber ich habe doch keine Lust, mir jede Woche immer wieder irgendwelche neuen Gedanken zu machen. Da hätte ich auch Fußballtrainer werden können."

Fußballtrainer, das wär's, dachte ich kurz.

„Nein", sagte Karl, „ich habe mir überlegt, mich vielleicht mal mit der Kirche auseinanderzusetzen." Mit der Kirche konnte er solide in eine höhere Sinnsuche einsteigen. Er war zuletzt bei einer Taufe in der Kirche gewesen. Ganz kleinlaut kam er da wieder heraus. Er hatte nur die Hälfte verstanden, hatte einfach keine Ahnung von Jesus, Vaterunser und so, und jetzt wollte er sich damit mal intensiver beschäftigen.

Sven kniff seine Augen zusammen, hob mit der rechten Hand das Glas und rief: „Nie wieder Kirche!“ Ich zuckte kurz zusammen, eine komische CDU-Truppe mussten wir sein. Aber ich streckte sofort wieder den Rücken durch. Körpersprache war jetzt wichtig. Wieder musste ich an eine Trainerausbildung denken.

„Mal ehrlich: Ist doch ein Jammer“, sagte Karl, „wer von den Kindern heute kennt noch das Vaterunser?“

„Dafür kennen die deine Mudda“, sagte Sven und trank noch einen großen Schluck. „Das ist kein Spaß mehr, da geht es echt ums Eingemachte. Du willst doch nicht enden wie Fernsehpfarrer Fliege.“

„Ja, der hätte sich mal lieber jede Woche neue Gedanken gemacht“, sagte Ralf und guckte wieder in sein Glas.

„Ich weiß nicht, was ihr habt“, sagte ich. „Ich finde das sehr gut: Fußball als Ersatzreligion abschaffen, Rückkehr zum Original.“

„Eben“, sagte Ralf. Das sei doch das gleiche Prinzip: eine höhere Macht, der man hörig ist und gegen die man nichts machen kann. Die einem aber bequem die Verantwortung fürs Handeln abnimmt.

Sven redete von ganz anderen Plänen: „Ich denke eher an Uni, Wissenschaft, so in Richtung Aufklärung und so“, sagte er. „Diese ganze Fußballkiste habe ich bislang immer nur emotional verstanden: dieser Hass auf irgendwen, diese Liebe. Ich würde das gerne mal wissenschaftlich begreifen.“

„Ist das so'n Komplex wegen deiner Alten?“, fragte Ralf unbekümmert.

„Du meinst so Jogi-Löw-mäßig?“, hakte Karl nach.

„Ach, das ist doch Taktikgefasel. Ich meine das so als gesellschaftliches Massenphänomen. Das hat doch auch etwas Nazihaftes.“

Wir zuckten die Schultern.

„Vielleicht müssen wir uns entschlossener wehren. Ich meine, wir kämpfen mit Fahrradtouren gegen Bayern München, kein Wunder, dass wir frustriert sind. Wir brauchen einen theoretischen Überbau, eine Ideologie. Mindestens."

„So CDU-mäßig?", fragte Ralf, und Sven sackte fast ein wenig zusammen.

Ich dagegen witterte Schlimmstes. „Sven, ist das nicht die mieseste Art überhaupt? So ein intellektuelles Hintertürchen, um dich mit Fußball zu beschäftigen? Ich meine, das macht die Sache nicht besser, wenn du auf der Tribüne das Vorlesungsverzeichnis anstelle der Aufstellung studierst."

„Ach was. Mir geht es darum, dass ich bei meinem Job bei der Post einfach immer wieder an Grenzen stoße. Letztens kam ein Paket aus Brunei an. Da dachte ich: Brunei? Wo ist das denn?"

Wir guckten uns an und zuckten mit den Achseln. Unser Geografiewissen war nicht schlecht, aber wie bei den meisten Fußballfans eben doch sehr einseitig. Und Brunei schien nicht zu den Ländern zu gehören, die es mal zu einer Weltmeisterschaft geschafft oder einen internationalen Spitzenspieler hervorgebracht hatten.

„Europa wüsste ich", sagte Karl fast ein wenig stolz.

Ralf holte sein Smartphone raus, das normalerweise am Tisch tabu war. Er verstand Svens Ansatz nicht, dabei hatte er ja mit dem Theoriemurks angefangen.

„Mir geht es doch nicht um Brunei", sagte Sven. „Es gibt einfach viele Sachen, die ich nicht weiß, weil ich die letzten Jahre in dieser Hinsicht verschwendet habe. Es geht natürlich um mehr. Meine Güte, die alte Frage: was die Welt im Innersten zusammenhält."

„Keine Ahnung", sagte Ralf, „vielleicht ist es eben doch der Fußball. Es gibt auf der Welt tausend Ideen darüber, wer die Welt erschaffen hat. Aber es gibt nur dieses eine Spiel, das alle lieben."

„Ralf“, sagte ich scharf, „wir sind hier nicht in Herzogenaurach. Diese Werbesprüche will hier keiner hören.“

Ralf erzählte, er wolle sich mehr um seine Frau und seinen Sohn kümmern. Ich witterte sofort einen faulen Kompromiss: Schließlich konnte Ralf auf diese Weise schön brav dreimal pro Woche seinen Sohn zum Fußballtraining und zum Spiel begleiten.

Sven war auf Ralfs Seite: „Das mit dem Fußball deines Sohnes ist ja auch eine Art neue Sinnstruktur. Das ist eben nur Auslegungssache …“

„Verantwortung!“, rief Ralf.

„Genau“, sagte Sven. „Das ist Verantwortung! Für das eigene Handeln und auch für deinen Sohn. Beim Fußball lernt man ja wichtige Sachen wie Verlierenkönnen, Teamarbeit, Fairness und so'n Kram.“

Ralf ging in die Offensive. „Hättet ihr denn was dagegen, wenn ich auch so ein Amt übernehme? So'n Ehrenamt, Jugendwart oder so?“

„Puh, das ist jetzt echt grenzwertig“, sagte Sven und linste zu mir rüber. Für einen Moment saß ich wie versteinert da.

„Da reicht man dir den kleinen Finger, und du machst hier direkt den DFB-Funktionär“, sagte ich. „Ich finde, das geht nicht. Bei aller Liebe. Du kannst gerne mal die Trikots von den Spielern waschen oder Pausentee mitbringen. Aber direkt so ein Amt? Dann musst du dich bei Jahreshauptversammlungen sehen lassen und im Vereinsheim nach den Spielen. Und da wird wieder nur über Fußball geredet. Auch über Bundesliga, mein Lieber. Mach dir da nichts vor – und uns auch nicht! Oder besser: Mach das, Ralf. Aber dann bist du hier raus!“

Wir waren jetzt ganz ruhig. Uns dreien war überhaupt nicht klar, was Ralf genau vorhatte. Immerhin hatte er die ganze Diskussion angezettelt, als er sagte, wir müssten mal reden. Hatte er vielleicht schon eine Anfrage als Jugendwart bekommen? Bis dahin war Ralf nur wenige Male bei Eller 04 gewesen – und immer nach Absprache.

„Männer, ich bleibe. Noch bis zum Saisonende. Wer weiß, vielleicht hat mein Sohn dann auch gar keinen Bock auf Fußball mehr, und dann bin ich da raus, ohne richtig clean zu sein – nee, das pack ich nicht."

Blieb nur noch ich. Ich hoffte, dass die Gruppe mich übergehen würde. Immerhin war ich von meinem Ausstieg genug überzeugt, ich war schließlich der Initiator, der Kapitän, der Anführer. Ich musste mich doch nicht mehr groß rechtfertigen.

„Daniel?"

„Ja?"

„Du bist dran. Weißt schon", sagte Karl ruhig. „Sinnstruktur und so."

Verdammt, jetzt war es an der Zeit, aus der Deckung zu kommen. „Was soll ich sagen?", sagte ich und fand das keinen besonders gelungenen Einstieg. „Ich denke, es reicht nicht, wenn wir vier eine Sinnstruktur suchen oder wie ihr das nennt. Gemeinsam können wir mehr: Wir können eine Bewegung lostreten, mehr sein als eine Selbsthilfegruppe. Ich meine, die Grünen haben auch mal klein angefangen, das war auch mal eine Ein-Thema-Partei. Uns fällt schon noch was ein."

„Daniel, bitte", meinte Sven ganz ruhig, „was soll das denn jetzt? Willst du dich an Stadien festketten?" Auch Ralf war ganz klar nicht auf meiner Seite. „Massenbewegung? Da machen wir uns doch lächerlich. Vielleicht fällt dir mal lieber ein, was du tatsächlich fernab vom Fußball mit deiner Zeit anfangen willst?" Ich war schon wieder in der Defensive. Ich dachte kurz an den Trainerschein, aber der war nun wohl wirklich nicht vermittelbar. „Badminton", sagte ich.

Stille. Dann Sven: „Bitte was? Badminton? Was ist denn das für eine Sinnstruktur?! Das machen doch nur gelangweilte Pärchen am Strand.“ Ralf guckte für einen Moment verlegen zur Seite.

„Ich muss mich nicht neu finden“, sagte ich. „Mir geht es gut.“ Die drei anderen guckten etwas betreten. „Mit so ein bisschen Sport bekomme ich meinen Kopf wieder frei. Ich neige zur Trägheit. Und hinter der Trägheit lauert der Fernseher, und dort läuft immer irgendwo Fußball.“

Das sollte reichen, auf einen Seelenstriptease vor der Gruppe hatte ich keinen Bock. Ich war immer noch der Leader. „Außerdem hatte ich Uni schon, Kirche habe ich in meiner Kindheit genug gehabt. Und einen Sohn? Mei, dafür braucht man erst einmal eine Frau.“

Einen Moment war es still, und ich drückte wieder meinen Rücken durch. Dann beugte sich Sven vor und flüsterte: „Mit Badminton kommst du bei den Weibern jedenfalls nicht weiter. Du musst die Suche nach einer Frau wie ein Trainer sehen, der auf Vereinssuche ist“, sagte er. „Es gibt offensive Mannschaften und defensive. Du lernst die Mannschaft kennen, ihr macht euch warm, es gibt ein erstes Probetraining, und wenn es gut läuft, kommen vielleicht schon die ersten Vertragsverhandlungen. Und dann gibt es Spiele. Heimspiele, Auswärtsspiele, mal bei dir, mal bei ihr zu Hause. Mal hat sie einen guten Sturm, mal verteidigt das Team mit Mann und Maus. Und manchmal muss das Spiel abgebrochen werden – wegen unbespielbarer Platzverhältnisse.“

„Oder abgeblasen werden“, brüllte Karl. Silke guckte herüber.

Ich fand das albern. „Hey“, sagte ich, „ich bin der Trainer, der rausgeschmissen worden ist, sitze auf der Tribüne und beobachte, wie die anderen Teams sich immer besser einspielen. Ich bin 27, bald schließt der Transfermarkt.“

„So'n Quatsch", sagte Sven. „Ich meine, du hast doch schon mal einen Verein trainiert, oder?"

„Ja, ein paar Spiele lang."

„Und dann?"

„Dann hat sie sich einen neuen Trainer gesucht. Im Ausland, Erasmus-Pokal, wenn man so will. Einen Holländer."

„Wie die Schalker damals mit Jörg Berger. Abgeschossen, und dann kam Huub Stevens."

Karl lachte, und ich fragte mich, ob man solche Vergleiche auch mit Badminton oder Eislaufen machen konnte. Und ob ich nicht tatsächlich mal einen Trainerschein machen sollte. So ging es jedenfalls nicht weiter. So war mit den Jungs kein Staat zu machen. Da würde ich mehr investieren müssen, wie wir Banker sagen.

Am Ende beschlossen wir, in der nächsten Woche in den Volksgarten zu gehen, Picknick, Frisbee, vielleicht sogar einen Drachen steigen lassen. Sven war das zwar zu „CDU-mäßig", aber Ralf war ganz angetan von der Idee. Wir zahlten unsere Deckel, gaben uns die Hände, als wären wir tatsächlich Parteifreunde und keine Schicksalsgemeinschaft. Zum Abschied blieb ich im Türrahmen stehen und rief den anderen „Servus, Jungs" hinterher. Ich täuschte noch einen Toilettengang vor. Stattdessen ging ich zurück zu meinem Platz. Und mit meinem Korb zu Silke – ich musste noch etwas klären.

Schlimme Verletzungen und mentales Training

Der Ausflug in den Düsseldorfer Volksgarten wurde ein voller Erfolg. Wir fütterten Enten und flohen vor schnatternden Schwänen, wir saßen auf der Wiese und dösten in der Sonne – fast so wie Freunde. Und auch die Freizeitkicker auf der Ballonwiese konnten uns nichts anhaben. Karl musste mich zwar einen Moment festhalten, aber ich beruhigte mich schnell wieder. Die konnten ja nun wirklich nichts dafür. Ich entschuldigte mich mit einem Dutzend Liegestütze, und die Sache war gegessen.

Die Gruppe begann sich in dieser Phase langsam zu finden und zu mögen. Wir fuhren in den Krefelder Zoo, machten Kochkurse und besuchten einen Schnupperkurs zur Zauberei. Das Leben war auf einmal voller Möglichkeiten. Und ganz nebenbei wuchsen unsere Oberarme, denn den Strafenkatalog setzten wir eisern durch. Irgendwann gingen wir bereits bei der Sichtung eines Bushaltestellenplakats, auf dem Thomas Müller für irgendwas Werbung machte, wie selbstverständlich zu Boden und pumpten.

Es war nicht so, dass wir uns außerplanmäßig trafen, aber wir vier freuten uns immer mehr auf die Treffen. Fußball war immer noch wichtig, klar, für jeden Einzelnen von uns, so schnell konnte das auch nicht gehen. Aber jetzt ging es erst einmal darum, genau das zu verdrängen. Im zweiten Schritt musste dann die große Lösung her – wie die aussehen sollte, war mir allerdings noch völlig unklar.

Bei meinen Expansionsplänen ging ich erst einmal den formaljuristischen Gang und ließ den Namen „Nie wieder Fußball“ schützen. Sollte mir keiner vorwerfen, ich hätte meine Hausaufgaben nicht gemacht.

Die Akquisebemühungen verliefen dagegen schleppend. Einmal hatte ein Hamburger angebissen, der dann aber doch lieber das 50. Bundesligajahr mit seinem HSV durchziehen wollte. Und das konnte ich sogar irgendwie verstehen. Auch die finanziellen Sorgen des Wuppertaler SV brachten keine Verstärkung. Mit einem gewissen „Oliver84“ hatten wir einen ernsthaften Anwärter, aber Sven fand die Finanzmisere keinen ausreichenden Ausstiegsgrund, Karl drohte bei der Aufnahme eines Wuppertalers mit dem Ausstieg – und Ralf meinte nur, dass ihn dieser ganze Anwärterkram viel zu sehr an die Hells Angels erinnere.

Der Sommer ging zu Ende, der 1. FC Nürnberg war in die Abstiegszone gerutscht. Ich nahm das ohne große Regung zur Kenntnis. Hätte ich auf eine Tabellenführung hoffen sollen? Die wäre für einen Fan auf Entzug ohnehin schrecklich gewesen – wie ein kostenloser, sauberer Trip für einen Ex-Junkie. Und ein Fan war ich immer noch, vielleicht würde ich das immer bleiben. Ich meine, wenn ich mit 50 Jahren auf der Terrasse säße und die Tochter brächte ihren ersten Freund mit, der dann sagt, er sei Fan von irgendwas – ja, was sollte ich dann sagen? „Ach, schön, ich war auch mal Fußballfan, Glubberer.“ Aus der Kirche auszutreten, wäre irgendwie leichter gewesen. Den Glauben an den Club würde ich nie verlieren. Ich wollte ihn aber zumindest nicht mehr praktizieren. Nein, das war wie mit meinen Eltern: Ich konnte wegziehen, sie leugnen – aber ich würde sie nie vergessen und immer in mir tragen.

Auch die Bayern, die offenbar fast jedes Spiel gewannen, waren mir inzwischen fast egal geworden. Mir war nur wichtig gewesen, dass sie nach all diesem Wirbel das sogenannte „Finale dahoam" in der Champions League verloren hatten. Von mir aus konnten die jetzt jeden Titel holen. Ich fühlte mich wie ein alter Vietcong, der mitbekommt, dass die Amerikaner wieder Kriege führen und gewinnen, und der darüber nur milde lächeln kann, weil sie diese eine Schlacht nicht gewonnen hatten. Und nicht zuletzt, weil sein Verein, der FC Hanoi, in der ersten Liga spielt – wenn auch anscheinend mehr schlecht als recht, aber so weit durfte ich ja nicht denken.

Karl und Ralf kamen ganz gut durch diese Zeit. Dass Fortuna Düsseldorf sich im unteren Tabellendrittel stabilisiert hatte, konnte Karl natürlich nicht entgehen. Der Stadtteil Holthausen war voll von alten Freunden und Fortuna-Fans – was blieb ihm anderes übrig, als die Ergebnisse aufzuschnappen und hinunterzuschlucken? In die Kirche hatte es Karl noch nicht geschafft.

Ralf, der Ruhige, begann sich langsam in die Fußballwelt seines sechsjährigen strohblonden Sohnes hineinzuarbeiten und verdrängte dabei die Schuldfrage. Eine Viertelstunde vor dem Ende des Trainings kam er direkt von der Arbeit vorbei, stützte sich an der Bande ab und beobachtete, wie die Sechs- bis Achtjährigen hin- und herliefen. Ralf sah darin einen unschuldigen Umgang mit der Sportart. Die Kleinen trugen Trikots von Fortuna Düsseldorf, Borussia Dortmund und der Nationalmannschaft. Und Ralf musste an seine Jugend denken, in der er gegnerische Hooligans durch die Straßen gejagt hatte.

Von unseren Ausflügen berichtete Ralf zu Hause immer ausführlich, das Wasserskifahren in Langenfeld ließ ihn einen ganzen Abend erzählen. Bei seinen Geschichten von Auswärtsfahrten hatte Heike nie richtig zugehört. Gleichzeitig wurde Ralfs Entwicklung immer sonderbarer. Einmal schlug der alte Hooligan eine Weinprobe als Ausflug vor. Dass das längst noch nicht alles war, konnten wir da noch nicht ahnen. Wir ließen uns damals von seinem Plan B beruhigen und nahmen eine Probestunde im Fitnessstudio.

Nur bei Sven und mir deuteten sich relativ schnell Probleme an. Den armen Sven traf es dabei am härtesten: ein früher Gegentreffer – oder besser: ein Platzverweis. Zu Hause hatte er durch uns schnell den Status des Einzelgängers verloren, seine Freundin nahm ihn nicht mehr so recht ernst. Nach unserem Ausflug zum Unterbacher See spitzte sich die Situation dann richtig zu. Wir hatten einen herrlichen Tag gehabt, mit fettigen Pommes, Raufereien im Wasser und neckischen Blicken zur Mädelsgruppe nebenan. Wir lernten von Mal zu Mal dazu. So waren wir um fünf Uhr vorsichtshalber ins Wasser gegangen und um 17:17 Uhr rechtzeitig abgetaucht, als die Lautsprecherdurchsage kam. Als wir unter Wasser kapierten, dass es doch nur wieder ein kleiner Kevin war, der seine Mutter suchte, tauchten wir auf und schlugen ein. So schön und unbeschwert konnte das Leben sein. Zumindest samstags, wenn wir uns hatten. Das Leben drumherum war nicht unbedingt leichter geworden.

Schon an der Tür hörte Sven seine Freundin laut und spöttisch lachen. Er wusste nicht, warum, aber es war kein gutes Lachen. Die Geschichte mit dem Bademeister, der uns erwischt hatte, als wir den Eintritt prellen wollten, indem wir uns durch die Büsche ans Ufer schlugen, nein, die würde er ihr besser nicht erzählen.

„Und, wie war's in der Selbsthilfegruppe?", fragte Sabine gelangweilt.

„Super, wir waren baden."

„Baden?"

„Ja, verdammt. War doch total warm heute. Ich war baden, und ich glaube, ich bin auf dem Weg, ein glücklicher Mensch zu werden. Jawohl!"

„Seitdem du diese Selbsthilfegruppe hast, bist du wieder nur mit dir selbst beschäftigt. Du bestellst Angelsachen, liest Magazine über Meerestiere, du verbringst genau so viel Zeit mit dem Quatsch wie früher mit dem Fußball."

„Dafür habe ich jetzt aber bessere Laune."

„Na toll, aber dafür bist du nicht mehr der Sven, den ich kenne. Ich dachte, dass wir mehr Zeit miteinander verbringen, wenn du diese Typen da besuchst und nicht mehr die ganze Zeit mit Fußball beschäftigt bist."

„Schatz, das ist die zweite Phase. Wandel durch Isolation: Wir müssen erst uns selbst finden, jeder für sich und uns als Gruppe, erst dann kommt die nächste Stufe – der Schritt in die Außenwelt."

„Bist du jetzt bei einer Selbsthilfegruppe oder bei Scientology? Ich meine, die Typen da sind doch nicht ganz dicht. Heute im Frühstücksfernsehen hat auch so ein Zuschauer angerufen und nach einem harmlosen Fußballbeitrag dazu aufgerufen, sich gegen diese Übermacht des Fußballs zu stellen."

„Aber du glaubst doch jetzt nicht, dass ich das war?" Sven war irritiert.

„Nein, der Anrufer hat gefränkelt."

„Was hat der?" Sven schrie jetzt fast. Er ahnte natürlich, wer dieser ominöse Zuschauer war, und er war richtig sauer. Nicht, weil er die Übermacht des Fußballs nicht auch brechen wollte. Aber er hielt es für die falsche Strategie. „Ich glaube, ich weiß, wer der Anrufer war. Mach dir keine Sorgen", sagte er, „du bist in Sicherheit."

Sabine schaute verdutzt. „Hör mal: Was soll das denn jetzt heißen? Ich habe keine Lust, wie Katie Holmes zu enden. Und außerdem, Sven: Ich mochte deine Launen, dein Geschreie am Wochenende. Und ich fand's okay, wenn du auch unter der Woche Champions League geguckt hast. Jetzt hockst du hier in deinem Zimmer in dieser leeren Wohnung, suchst irgendwelche Hobbys und machst einen auf glücklich. Ich finde diese Glücksschiene ziemlich unsexy. Ich meine, was willst du denn an deinem 40. Geburtstag machen? Eine Kanufahrt?“

Sven guckte in sein Glas und dachte ans Kanufahren entlang der Wupper. Das war keine schlechte Idee. Er fand Sabines Auftritt ziemlich unfair. Hatte ihn die Fußballabstinenz tatsächlich langweilig gemacht? Die Emotionen hatte er schließlich immer noch, aber er lebte sie jetzt anders aus. Überhaupt war vieles gut gelaufen. Er war fitter geworden, ja glücklicher. Gut, Werder spielte Murks, aber das sollte ihm ja offiziell egal sein. Und auf Frauen wirkte er nun auch anders. Das hatte er bei der Kellnerin im *Lot Jonn* gespürt, aber auch am Badesee.

„Sven, ich ziehe aus!“

„Wohin?“ Das war natürlich eine ziemlich dämliche, wenn auch naheliegende Frage.

„Es ist nicht das Leben, das ich führen möchte, ob mit oder ohne Fußball.“

„Wie heißt er denn?“

„Achim.“

„Achim? Was ist denn das für'n Scheißname?“

„Da kann der doch nichts für!“

„Und wo hast du ihn kennengelernt? Auf der Fanmeile?“

Jetzt hatte Sven wieder schlechte Laune. „Was ist denn das überhaupt für eine verlogene Geschichte? Erst redest du mir ein, ich hätte mich total verändert, und in Wahrheit brennst du mit Achim von der Fanmeile durch!“

„Ich weiß, Sven, aber es stimmt ja beides. Achim war ja nur der letzte Auslöser. Außerdem kommt der gar nicht von der Fanmeile. Er ist Street-Art-Künstler aus Oberkassel.“

„Street Art? Was soll das denn sein? Kunst gehört ins Museum und nicht auf die Straße. Was macht er denn, dein Straßenmusikant aus Kassel?“

„Aus Oberkassel, das ist ein Stadtteil auf der anderen Rheinseite. Ich dachte, da hättet ihr mal eine Radtour hingemacht."

„Wir waren in Heerdt! Heeeerdt!", schrie er jetzt. „Und da habe ich keine Kunst gesehen, auch keine Panflötenspieler, nur Bauernhöfe, Kühe, Schweine und vier dämliche Typen, die ihr Leben in den Griff bekommen wollten. Hat ja wunderbar geklappt." Sven wurde immer lauter. Jetzt war Abstiegskampf, den hatte es lange nicht gegeben. Und Sabine musste mit allen Mann verteidigt werden.

„Schrei doch bitte nicht so rum, das hat doch keinen Sinn", versuchte Sabine ihn zu beruhigen.

„Das hier ist Existenzkampf, Trainerwechsel, entscheidende Saisonphase, da schreie ich, so viel ich will!"

„Bitte, Sven, das lässt sich alles in Ruhe klären."

„Achim ist mein Feind, den werde ich jagen, dem zeige ich, wie man in Bremen mit Verrätern umgeht. Ich habe Miroslav Klose zu den Bayern gehen sehen, da werde ich auch mit diesem Stadtmusikanten fertig."

Sabine stand auf, und Sven wusste, dass das kein gutes Zeichen war. Sie goss sich ein Glas Leitungswasser ein und trank es auf einen Schluck aus. Sven überlegte, was er falsch gemacht, was er Falsches gesagt haben könnte.

„Ich schlafe heute bei Wiebke", sagte Sabine.

Wieder so ein Scheißname, dachte Sven.

„Mit Achim, da ist nichts, wir waren einmal zum Essen aus, aber da lief nichts …"

Sven schnappte sich die Zeitung, die auf dem Tisch lag, und begann zu blättern. Dieser Achim schien ja doch 'ne ziemliche Luftnummer zu sein.

„… Achim war vielleicht ein Auslöser, da kam richtig was hoch. Ich bin jetzt Anfang 30, hab keine Kinder und einen Freund, der angelt. Wie lange soll ich denn noch warten, bis das Leben richtig losgeht?"

Ist schon recht, fand Sven. Einmal Brüllen reicht. Lieber seine Freundin verlieren als seinen Stolz. Den hatte er noch, sonst nicht mehr viel: keine Freundin, keinen Verein, einen Job bei der Post und drei Freunde, die alle nicht ganz dicht waren. In die Uni hatte er es auch noch nicht geschafft.

„Ich bin dann weg", sagte Sabine und stand mit einer kleinen Tasche im Türrahmen.

Sven setzte sich auf die Couch vor dem Fernseher und ignorierte sie, bis die Tür zufiel. Er hatte schon einige Trennungen hinter sich, auch wenn sich diese noch nicht so recht wie eine anfühlte. Die meisten fanden an einem Wochenende statt, was die Sache einigermaßen erträglich machte. Als ihn damals Tina freitagabends verlassen hatte, spielte Bremen am nächsten Tag in Stuttgart. Da wollte er eigentlich nicht hin. Bei aller Liebe war Sven nie ein Allesfahrer gewesen. In diesem Fall fuhr er aber natürlich nach Stuttgart, ungewaschen, mit Vollgas über die Autobahn. Er schrie, er trank, er stank und musste abends einsehen, dass es vernünftiger war, in Stuttgart ein Hotelzimmer zu nehmen, was dann noch zu allem Überfluss in einem kläglichen Anmachversuch bei der Rezeptionistin endete.

Sven schaute eine Wiederholung von *Beverly Hills 90210*. Das war das einzig Sinnvolle, was er in dem Moment tun konnte. Gekämpft hatte er genug. Bremer sind das Verlieren nicht unbedingt gewohnt, und er konnte nicht ahnen, dass sie es in dieser Saison noch lernen würden. In ihm spukte nur der eine Gedanke: Wie schwer wäre der Verstoß, gleich das *Sportstudio* zu gucken? Sven entschloss sich für die kalte Dusche. Videotexttafel 251: Bremen – Bayern 0:2. Vielleicht, dachte er, sollte er doch lieber mal Panflöte ausprobieren.

In ein paar Sekunden redete er sich sein Interesse an seiner Freundin aus. Er schaute auf den Schreibtisch, auf dem Sabine manchmal wissenschaftliche Aufsätze schrieb. Das hatte sie auch lang nicht mehr gemacht, dachte er, selbst langweilig geworden. Sich über irgendwelche Pinselstriche auf dem Asphalt zu begeistern, könne ja jeder. Er hatte mit der Selbsthilfegruppe wenigstens einen theoretischen Unterbau. Da stand ein Konzept dahinter, ein Plan. Wenn er jetzt noch mit der Uni anfinge und das alles wissenschaftlich unterfütterte, dann würde er nicht mehr zu stoppen sein. In diesen Momenten dachte Sven, dass eine Selbsthilfegruppe vielleicht doch nicht genug war, dass man eine andere Art der Gruppierung bräuchte. Keine Massenbewegung, keine Religion oder Partei. Eher eine kleine radikale Gruppe.

* * *

Ich kannte Svens Probleme, aber ich hatte sie nicht. Eigentlich waren wir uns sehr ähnlich, nur eben wie die zwei verschiedenen Seiten derselben Medaille. Während er immer mehr den Einzelkämpfer mimte, arbeitete ich weiter an den Plänen für eine Massenbewegung. Dabei hatte ich mit meinen drei Jungs eigentlich schon genug zu tun. Ich saß wie Sven viel auf meiner Wohnzimmercouch. Aber anstatt fernzusehen, machte ich mir Notizen. Auf dem Tisch im Wohnzimmer lag ein Schnellhefter, in dem ich alles Mögliche notierte: Adressen der Jungs, Unternehmungen, Notizen und Auffälligkeiten. Ich wollte ein moderner Teamchef sein. Über meine eigene Befindlichkeit notierte ich immer nur ein Plus oder ein Minus.

Parallel steuerte ich immer wieder Fanforen an, studierte untere Ligen nach Vereinen, die schwächelten, nach sogenannten Söldnertruppen, die langsam das Vertrauen der Fans verloren. Alles war mir recht, um mögliche Mitstreiter zu rekrutieren. Doch das gestaltete sich nicht so leicht: Denn die Fußballsucht und die Sehnsucht, davon loszukommen, haben wenig mit dem Tabellenstand des Vereins zu tun. Nein, Fußballfans sind wie Alkoholiker. Erst genießen sie den Rausch, dann suchen sie ihn immer wieder, bis sie nicht mehr loslassen können. So gesehen, waren wir zu dem Zeitpunkt offenbar die einzigen trockenen Alkoholiker in diesem Land, während sich alle anderen weiter berauschten und sich über die Konsequenzen anscheinend noch gar nicht bewusst waren.

Schritt für Schritt kam ich vorwärts. Rom wurde schließlich auch nicht an einem Tag erbaut, redete ich mir ein. Bis zu diesem einen Abend Anfang Oktober, an dem ich merkte, dass meine Situation doch einigermaßen ausweglos war. Ich saß zu Hause und freute mich auf Marietta Slomka. Doch aus Versehen drückte ich zweimal die Taste zwei und landete bei Sport1 und damit in der Hölle – zumindest, wenn Montag ist und man dem Fußball entkommen will – und folglich auf dem Teppichboden meines Wohnzimmers. „Eins – und …", zählte ich 20 Liegestütze laut und dachte schon daran, mir wie Rocky ein paar rohe Eier einzuwerfen und um den Häuserblock zu laufen. Aber ich war nicht Rocky, mir war es schon im Oktober zu kalt da draußen. Ich war nichts weiter als ein dämlicher Typ, der zwar das ganze Wochenende durchgehalten hatte, aber jetzt wie ein Depp vor der Schlussphase der Partie MSV Duisburg gegen Hertha saß.

Ich dachte an den armen Ralf. Für ihn musste es ein harter Abend sein, wenn er nicht heimlich ins Stadion gefahren war. War ja nur ums Eck. Es stand 1:1, das war bei aller Liebe am oberen Bildrand nicht zu übersehen. Ich blieb kurz dran, weil gerade ein Spieler am Boden lag. Das zu verfolgen, konnte ich mit meiner christlichen Nächstenliebe entschuldigen. Ich wollte Ralf gerade eine SMS schreiben, da fiel das 2:1 für Duisburg. Verdammt. Ich machte den Fernseher aus und starrte auf den schwarzen Bildschirm. Jetzt konnte mir auch Marietta Slomka nicht mehr helfen. Ich hatte gesündigt. Nach ein paar Sekunden ging ich zum Schreibtisch und holte den Nie-wieder-Fußball-Schnellhefter, in dem Ralfs Nummer stand, und schickte Ralf eine SMS: „Durchhalten. NWF! Daniel, der Kapitän!" Freundlich, aber verbindlich – das musste reichen.

Den Fernseher machte ich aus reiner Nervosität wieder an, ließ den Ton aber aus, das gab mir ein Gefühl von Distanz. Außerdem war ich der Kapitän der Gruppe, da sah ich es als meine Pflicht, an solch wichtigen Abenden für die anderen da zu sein. Ich sah, wie Hertha den Ausgleich schoss und die Berliner ausrasteten, als hätten sie die Meisterschaft gewonnen.

In dem Moment summte das Handy. „SMS von Ralf NWF Handy": „Bin auf einem Vortrag. Gruß, Ralle." Ralle, das war neu. Für mich war das der vorläufige Tiefpunkt, „worst case", hätten meine Arbeitskollegen im Großraumbüro gesagt. Ich als Kapitän schwächelte bei einem Zweitligaspiel, während der ehemalige Hooligan bei einem Vortrag saß.

Es wurde ein dicker Minusabend: Bis spät in die Nacht schaute ich mir noch Fotos unseres letzten Pokalsieges an, ja: unseres. Fotos aus der Bar in Kreuzberg, wo wir um vier Uhr früh auf den Tischen tanzten und „Nürnberger Nächte sind lang" sangen, während die Berliner um uns herum Fotos von uns machten. Gegen eine solche Vergangenheitsbewältigung hätte auch Sven nichts haben können. Sicherheitshalber machte ich dennoch für jedes Foto einen Liegestütz. Um Mitternacht hatte ich aufgepumpte Arme und beschloss, noch eine Runde ums Haus zu joggen.

Beim Laufen dachte ich wieder an Ralf. Mit ihm hatte ich immerhin einen Schützling auf einen guten Weg gebracht. Für eine Massenbewegung war das freilich ein bisschen wenig. Und als Teamchef begann ich langsam zu zweifeln, ob ich das bis zum Ende durchhalten würde – und vor allem: warum überhaupt. Vermutlich musste doch eine radikalere Lösung her. Zu Hause, nach dem Duschen, rasierte ich mir die Haare ab, drei Millimeter kurz. Wenn mich jemand bei der Arbeit fragen sollte, würde ich sagen, das sei eine Timmy-Simons-Gedächtnisfrisur. Früher oder später würden sie es schon verstehen, diese Ungläubigen.

* * *

Als es langsam, aber sicher auf Weihnachten zuging, hatte der Vierte im Bunde, Karl, seinen Glauben immer noch nicht gefunden. In die Kirche traute er sich einfach noch nicht. Normalerweise wäre es eine gute Zeit gewesen, den Glauben an Fortuna Düsseldorf zu pflegen. Zum Ende der Hinrunde bekam Karl ganz genau mit, dass seine Fortuna ein kleines Hoch hatte. Nach einer Krise war sie zurückgekommen, und in der Landeshauptstadt träumten die Ersten schon von Europa. Das mit dem Träumen geht im Rheinland schnell. Karl machte grundsätzlich vieles richtig. Zum Beispiel hörte er nicht mehr Antenne Düsseldorf, sondern WDR 5 und erfuhr so nebenbei einiges, was er nicht wusste, geschweige denn wissen wollte – übers Töpfern, über Tamilen und über Tiefseeforschung.

Am ersten Samstag im Dezember, Fortuna hatte am Abend zuvor Frankfurt 4:0 geschlagen, war Karl zu Gast auf dem Geburtstag eines Arbeitskollegen. Der feierte seinen 55. im Brauhaus *Im Füchschen*, einer Hausbrauerei ähnlich dem *Uerige*, wo Karl seinen Fortuna-Stammtisch seit Monaten ignorierte – eine ziemlich irdische Veranstaltung, auf der die Sünde vorprogrammiert war. Das *Füchschen* lag an der Ratinger Straße, einer Kopfsteinpflasterstraße mitten in der Altstadt. Die Einheimischen nannten sie „Retematäng". Ein Düsseldorfer hatte nämlich Napoleon nicht richtig verstanden, als der 1811 beim Einmarsch in Düsseldorf die Ratinger Straße als „Rue de matin" bezeichnete. Viele Jahre hatte das Lied „Wir sind aus der Altstadt, aus der Retematäng" zum gefürchteten Repertoire von Karls Duschliedern gehört.

Karls Arbeitskollege hatte im *Füchschen* einen langen Holztisch für 15 Leute reserviert. Dort aß Karl erst mal eine Schlachtplatte nach Art des Hauses mit Sauerkraut und Kartoffelpüree. Er langte richtig zu, während der Kellner, der hier auch „Köbes" hieß, ohne nachzufragen immer wieder Bier auf die Deckel stellte.

Karl hatte schon fünf Null-Zweier in der Blutbahn und den Teller gerade beiseitegeschoben. An seine Herzprobleme dachte Karl in solchen Momenten nicht mehr, an Fortuna schon, zumal am Tisch die Gesprächsthemen ausgingen. Die Gruppe bestand aus Leuten von der Arbeit und vom Schützenverein, die sich gegenseitig nicht mit Geschichten über Rohr- und Ehebrüche langweilen wollten. Fast hatte Karl das Gefühl, dass sie um ihn herum auf ihn warteten, bis er mal wieder anfing – irgendeine Anekdote aus dem Stadion, eine Fachsimpelei, aber er wartete ab und kippte noch ein Bier hinterher.

Karl saß still da und hörte schon ein Murmeln. Vier, fünf Leute steckten ihre Köpfe zusammen, redeten immer schneller, ohne dass Karl sie richtig verstand. Es war wie immer: Wenn es kein Gesprächsthema gab, stürzten sie sich alle auf den Fußball. Und natürlich war Fortunas Sieg gegen Frankfurt das Thema schlechthin. Nur Karl war jetzt draußen.

„Das Lustigste war ja vor dem Spiel", hörte Karl einen Bekannten sagen. „Da stand so ein Spinner in der Altstadt und hatte ein Schild in der Hand: Erwachet! Fußballgucken macht unglücklich!"

Karl wurde kurz hellhörig.

„Das war bestimmt ein Spaß von den Zeugen Yeboahs – das sind Frankfurt-Fans", meinte einer.

„Nee, der Typ meinte das todernst, der hatte den Kopf kurzgeschoren und faselte die ganze Zeit irgendwas von Glück. So ein Schwachkopp!"

Karl wusste nicht, was er davon halten sollte, und die ganze Wahrheit wollte er lieber gar nicht wissen. „Wisst ihr denn, was Glück ist?“, fragte er. Die anderen starrten ihn nur ungläubig an.

„Leicht einen sitzen haben und keine Termine – hat Harald Juhnke gesagt.“ Die Menschen rechts von ihm hoben das Glas, dann steckten sie wieder die Köpfe zusammen und redeten weiter.

„Hast du denn heute keine Termine mehr?“, fragte auf einmal von links eine weibliche Stimme. Eine Frau beugte sich nach vorne und reckte ihren Kopf in Karls Richtung. Karl hatte sie bisher nur flüchtig wahrgenommen, sie war sicher fünf oder zehn Jahre jünger als er und hatte große dunkle Augen und eine frische, braune Haut. Ob so vielleicht Tamilen aussehen?

Die Frau kam rüber, fragte: „Darf ich?“, und schob sich zwischen Karl und seinen Nachbarn zur Linken. Diese Kombination aus Anmache und guter Kinderstube war Karl bislang völlig fremd. Die Frau gefiel ihm auf Anhieb. Jetzt bloß nicht über Kriege und so’n Kram reden, dachte er. Aber was sonst? Segelfliegen? Die katholische Kirche? Die Zeugen Yeboahs? Harald Juhnke?

Er versuchte sein Standardprogramm: „Hömma, ist dein Vater Bauer? Du bist so gut gebaut!“, fragte er. Doch als sie nur lässig erwiderte: „Nee, MC Hömma, der ist Metzger, und ich bin total versaut“, da wusste Karl zum ersten Mal seit langer Zeit nicht mehr, was er sagen sollte. Eigentlich schämte er sich für seinen Spruch, der schon so viele Jahre reibungslos funktioniert hatte, zumindest an Karneval.

Die Frau hieß Shilpa, hatte indische Wurzeln und war in Deutschland geboren. Karl erkundigte sich, was aus den „Computer-Indern“ geworden war und warum Indien so schlecht bei Olympischen Spielen abschnitt. Shilpa fuhr fast jedes Jahr nach Indien und nahm dort Yogaunterricht. Sie erzählte von indischen Elefanten, von heiligen Kühen und Nächten im Dschungel. Karl wusste erst gar nicht, was er so einer Frau erzählen sollte, von seinem Leben zwischen Langenfeld und Holthausen, Fortuna und dem *Uerige*. Doch irgendwann erzählte er ihr sein ganzes Herzeleid: der Infarkt, die Fortuna, die Scheidung.

Als Shilpa fragte, seit wann er denn geschieden sei, sagte Karl nur: „98/99." Sie dachte, dass es ein längerer Scheidungsprozess gewesen sein musste, und Karl sagte ihr nicht, dass er sich manche, eigentlich alle Daten am besten in Verbindung mit Fußballsaisons merken konnte. 1998/99 war Fortuna wieder in die dritte Liga abgestiegen, obwohl sie mit Klaus Allofs als Trainer als einer der Favoriten in die Saison gestartet war. Nein, 1999 war für Karl kein gutes Jahr gewesen.

Das Bier sensibilisierte seine Sinne, vielleicht auch ein wenig Shilpa. Schön trinken musste er sie sich jedenfalls nicht. Auch das war für den guten Karl eine neue Erfahrung. „Ich glaube, ich hole mir gleich mal draußen ein Taxi", sagte Shilpa zu ihm und flüsterte: „Was ist mir dir?"

Karl war total überfordert: Wollte sie sich nur ein Taxi teilen oder war das vielleicht sogar ein unmoralisches Angebot? Karl hatte zuletzt im Radio häufiger von eigenwilligen Frauen gehört. Das musste so eine sein, dachte er und nickte lieber nur.

Shilpa ließ das Taxi vor ihrer Haustür anhalten, sagte zum Fahrer, sie müsse hier raus, und Karl war ganz froh, dass er für den Abend nicht mehr viel falsch machen konnte. Beim Abschied beugte sie sich zu ihm rüber, während Karl seinen Kopf ihr nur ganz leicht entgegenschob, dann schmatzte sie ihm auf die Wange. „Ich hab schon lange keinen so interessanten Menschen mehr kennengelernt", flüsterte sie ihm ins Ohr.

„Vielleicht …“, murmelte er.

„Ich kann dir gerne mal Yoga beibringen“, sagte sie, „ist gut für dein Herz.“ Sie klopfte ihm leicht auf die Brust, gab ihm ihre Visitenkarte und Geld fürs Taxi. Gerade noch mal Glück gehabt, dachte Karl. Er hatte im Leben noch nie eine Visitenkarte besessen. Versonnen betrachtete er Shilpas Karte. „Senior Researcher“, stand darauf. „Wow“, dachte Karl.

Winterpause

Wechselpoker

In Richtung Winterpause wurden die Treffen ruhiger, ernster, sachlicher. Die Gruppe hockte nun manchmal noch für drei, vier Bier nach den Unternehmungen zusammen. Wir gaben ein komisches Bild ab, wenn wir Woche für Woche mal in Angelausrüstung, mal mit selbst gebastelten Drachen in die Kneipe kamen. Ich war mittlerweile ganz froh, dass Silke immer noch dachte, wir seien von der CDU – sie hätte inzwischen weitaus Schlimmeres vermuten können. So hielt sie es allenfalls für etwas übertriebene Symbolpolitik.

Vor dem letzten Spieltag der Hinrunde wollte ich ein wenig Bilanz ziehen, wenn schon mein Vorschlag einer kleinen Weihnachtsfeier nicht besonders gut angekommen war.

„Ich habe alles versucht", sagte ich. „Wie ihr wisst, wollte ich hier eine Bewegung lostreten, mehr sein als eine Selbsthilfegruppe. Und das will ich immer noch. Aber alleine bin ich zu schwach, und ihr scheut wohl die Öffentlichkeit."

Die anderen nickten. „Mal ehrlich, Daniel", sagte Karl, „für mich ist das hier eine Selbsthilfegruppe. Und da liegt es nun mal in der Natur der Sache, dass wir nicht das große Publikum suchen. Ich meine: Hast du schon mal etwas vom großen Sommerfest der Anonymen Alkoholiker gehört?"

Ralf hatte ganz andere Sorgen. Er wollte am nächsten Wochenende nach Berlin fahren und über Weihnachten bleiben. Heike hatte das eingefordert. Sven war der Erste: „Derby?"

„Nee, FSV Frankfurt", sagte Ralf, es sollte beruhigend klingen, aber auch solche Spiele sind brandgefährlich. Sie sind Pflicht für einen Fan, wie jedes Heimspiel eigentlich Pflicht ist. Und wer bei Gegnern wie dem FSV Frankfurt lieber in den Baumarkt oder zu Ikea geht, der hat ganz schlechte Karten – bei seinen Stammplatzfreunden, wenn die nächsten Dauerkarten vergeben werden oder wenn Marek Mintal und all die anderen Fußballgötter am Tag des Jüngsten Gerichts über uns richten werden.

„Jedenfalls müsst ihr ohne mich in die Kunsthalle gehen. Außerdem war ich da schon." Wir waren mal wieder irritiert, konnten aber unsere heimliche Freude nicht verhehlen. Der ehemalige Schläger hatte sich bisher als Konstantester erwiesen. Während wir anderen uns manche Patzer leisteten, ging Ralf mit seiner Frau ins Musical, ins Steakhouse oder zu irgendwelchen Vorträgen, die so gar nicht zu ihm zu passen schienen. Stadtpolitik, Motivationsseminare. Ich fühlte mich auf jeden Fall schnell provoziert durch Ralfs Ausgeglichenheit. Das Training seines Sohns war doch auch nur das reinste Methadon. Der konnte ruhig mal eine kalte Dusche vertragen.

Am Morgen des Spieltags bat Ralf seinen Vater zu einem Spaziergang in den Volkspark Schöneberg, einen langen, schmalen Grünstreifen hinter dem Schöneberger Rathaus, auf dem Jogger im Kreis liefen – letztlich eine ähnlich sinnfreie Beschäftigung, wie darum herumzustehen und anderen beim Sport zuzugucken. Ralfs Eltern waren nach ihrer Pensionierung von Reinickendorf nach Schöneberg gezogen. Ralf konnte das nur recht sein, so traf er nicht immer wieder auf alte Kumpane.

„Ralf, was ist los mit dir?", fragte der Vater. Er hatte mit einigen von Ralfs alten Freunden gesprochen. Die wunderten sich, dass er sich gar nicht mehr meldete.

Ralf nickte, er hatte eine SMS bekommen. Um halb zwei würden sie sich im alten *Bierbrunnen an der Plumpe* treffen, einer Hertha-Kneipe. Ralf hatte nicht geantwortet. „Ich mache eine Art Therapie“, sagte Ralf.

„Aggressionstherapie?“

„Nein.“

Der Vater stockte: „Wieder der Alkohol?“

„Nein, Fußball.“

„Um Gottes willen, was ist passiert?“

Ralf erzählte von seinem Vorhaben, sich vom Fußball freizuschwimmen, aber der Vater verstand es nicht. „Weißt du, ich hatte eine tolle Kindheit, und die Nachmittage mit dir im Olympiastadion oder draußen beim Training, die waren immer was ganz Besonderes. Dass ich damals in diese Hooligangeschichte reingeraten bin, dafür konntest du wirklich nichts. Und da mache ich mir um Marcus auch keine Sorgen.“

„Wäre ja auch etwas verfrüht, der soll erst einmal Lesen und Schreiben lernen, wa?“

„Ach, das konnten viele bei uns auch nicht. Aber entscheidend ist doch: Die Kinder haben heute ganz andere Möglichkeiten. Marcus ist ein cleveres Kind, der will ein Instrument lernen. Hättest du dir das bei mir vorstellen können?“

Der Vater schaute ihn von oben bis unten an. „Soll der Kleine jetzt Japanisch lernen, oder was? Und du machst noch Abitur nach? Hast du dir den Karrierequatsch in Düsseldorf aufquatschen lassen? Von diesen Fahrradfahrern?“

Der Vater hatte nie verstanden, warum Ralf Berlin verlassen hatte. Zu eng sei es ihm geworden, so ein Käse. Dabei wollte Ralf eigentlich irgendwann mal wieder zurückkehren. Seinetwegen hätte auch Marcus Hertha-Fan werden sollen. Aber diesen Lebensentwurf gab es jetzt nicht mehr. Würde er nun bis ans Ende seiner Tage in Düsseldorf rumhängen und mit drei anderen Versagern samstags Drachen steigen lassen?

Eine Woche später ging Ralf mit seinem Vater und seinem Sohn zum Eishockey. Die Eisbären spielten gegen die Straubing Tigers. Ralfs Vater fand, dass es Zeit für einen Herrenausflug war. Und für einen reinen Zeitvertreib war das noch die beste Wahl. Es fielen genug Tore, ein schnelles, aggressives Spiel. Und wenn auf der Eisfläche nichts los war, drehten sie die Boxen lauter. Egal konnte es einem trotzdem sein.

Die Eisbären gewannen 8:0, und während Marcus mit leuchtenden Augen auf seinem Sitzplatz stand und auf die Klatschaufforderungsmusik wartete, verfolgte Ralf das Spiel mit verschränkten Armen. Er kannte die Spieler nicht, verstand nichts von der Taktik, und vor allem hatte er keine Lust, sich 60 Minuten lang zu konzentrieren. Ständig passierte etwas auf dem Eis – Eishockey war kein Sport zum Träumen. Ralf machte sich Sorgen, dass er seinen Sohn an diesem Nachmittag an das Eishockey verlieren würde. Doch dann dachte er, dass Spiele gegen den FSV Frankfurt auch nicht unbedingt die ideale Gelegenheit waren, um Marcus für die Hertha zu begeistern.

* * *

Letztlich freute sich jeder von uns auf die Winterpause: Endlich würde man wieder seine Samstage alleine verbringen können, ohne befürchten zu müssen, aus Versehen mit Fußball konfrontiert zu werden, und vor allem: ohne den Druck, etwas unternehmen zu müssen. Normalerweise ist die Winterpause für Fußballfans die langweiligste und überflüssigste Zeit der Saison – und somit des Jahres. Schlimmer noch als die Sommerpause. Diese kann man mit Transfergerüchten, mit Testspielen, einer eigenen kleinen Erholung und alle zwei Jahre mit einem internationalen Turnier überbrücken. Die

Winterpause ist schon immer anders gewesen. Ideale Therapiebedingungen, könnte man meinen.

Doch während Ralf in Berlin mit anderen Sportarten flirtete, drohte Sven in der Winterpause endgültig den Halt zu verlieren. Sven hatte fürchterliche Weihnachten in Bremen erlebt. Seine Eltern hatten sich gar nicht mehr eingekriegt, dass er nicht mehr mit Sabine zusammen war, so eine nette Frau – und im Subtext hörte er sie vom Scheitern reden, vom Taugenichts und Tunichtgut, der es in 39 Jahren nicht zu mehr gebracht hatte als einem Job bei einer Postannahmestelle in einer Stadt, in der er keinen kannte.

An einem Wintertag saß er mal wieder nach einer Nachtschicht, die zusätzlich Geld brachte, mit der aus dem Zeitungskasten geklauten Zeitung auf einer Parkbank im Düsseldorfer Hofgarten. Er musste an die Uni denken. Vielleicht lag es an der jungen Joggerin, die an ihm vorbeilief, oder am 40. Geburtstag, der im Mai anstand. Wenn das so weiterging, würde er den wahrscheinlich am Sortierband verbringen oder womöglich vor lauter Frust noch im Puff landen. Sein Kollege Dirk hatte letztens so etwas angedeutet. In der Rethelstraße seien ein paar ganz feine Adressen, hatte der ihm gesagt. Und Dirk musste es wissen. Dirk fuhr nebenbei noch Taxi.

Sven kam sich alt vor und beschloss, endlich zur Uni zu fahren. Zumindest wegen der Frauen. Immerhin hatte er nun schon einige Monate keinen Sex gehabt. Die Fahrt zur Uni mit der Straßenbahn dauerte etwa 20 Minuten, und Sven nutzte sie für ein kleines Nickerchen. Als er ankam, fühlte er sich nicht unbedingt besser und auch nicht wirklich akademisch. Er schmeckte den Nachtgeruch auf seiner Zunge und spürte die Jeans an seinen dünnen Beinen kleben.

Die Universität ähnelte einer kleinen Satellitenstadt. Überall gab es Hochhäuser mit komischen Nummern wie

23.31 oder 25.01. Sven stiefelte den jungen Leuten hinterher in Richtung des größten Gebäudes, das er spontan sah: die Universitäts- und Landesbibliothek. Ein viergeschossiger Flachbau, die graue Fassade schon etwas verwittert. Auf der Rasenfläche davor campierten junge Menschen in Zelten, demonstrierten gegen irgendetwas. Sven ging weiter, Probleme hatte er genug.

Die ersten Schritte im neuen Leben waren nicht leicht. Eine Gruppe glotzte ihn an, weil er seine Jacke nicht abgeben wollte, vielleicht auch, weil sie ziemlich nach Postannahmestelle muffelte. Willkommen in der Leistungsgesellschaft, bitte zahlen Sie mit ihrem Leben, dachte er sich. Im Erdgeschoss lief er durch die Buchregale, erst Ägypten, Römische Geschichte, Deutsches Reich, dann die ganzen Theoretiker. Er schnappte sich Werke von Sartre, Adorno und Camus, dazu ein Buch über die Weimarer Republik und setzte sich in die blaugepolsterte Sitzecke vor dem ersten Lesegeschoss, auf der Suche nach der verlorenen Zeit, nach etwas Sinn oder Inspiration für weitere Aufgaben.

Er las und dachte. Dachte, dass Fußball nur Brot und Spiele waren, die uns ruhig hielten. Die Frage war, was man daraus ableitete, die Gruppe, aber auch er selbst. Würde es reichen, die Gesellschaft zu verstehen, oder musste er eingreifen? Nach einer Stunde Lektüre kam Sven die Erkenntnis, dass es eine echte Revolution bräuchte. Sonst würde das Ganze noch in eine Fußballdiktatur abgleiten. Oder war es das nicht schon längst? So bürgernah wie zu Otto Rehhagels Zeiten war Svens Fußballwelt jedenfalls schon lange nicht mehr.

Als er mittags Hunger bekam, ging Sven eine rauchen. Für ein Essen würde er vermutlich eine Mensakarte brauchen, dann würde das alles auffliegen, und nichts würde es werden mit der Revolution. Beim Rauchen gab er eine merkwürdige Figur ab: zu alt für einen Studenten, zu verkniffen der Blick, um als Dozent durchzugehen. Fettige Haare und Nachtgeruch kamen bei Düsseldorfer Dozenten seltener vor als damals in Bremen vor über 15 Jahren.

„Na? Seniorenstudium?“ Plötzlich stand Silke vor ihm, die Kellnerin. Gerne hätte er etwas gesagt, nur was? Er brachte lediglich ein „Na?“ zustande und kam sich nun doch vor wie ein 20-jähriger Student.

„Sven, richtig?“ Sven nickte und versuchte zu lächeln. „Hey, Susi, das ist Sven“, sagte sie zu ihrer Freundin und kniff ihr in die Seite. „Sven sitzt mit seinen CDU-Freunden immer im *Lot Jonn*.“

Sven fühlte sich ertappt und war sauer. „Ist das so wichtig?“

„Na ja, interessiert mich halt. Ich studiere Soziologie.“

Sven musste an seine Exfreundin denken und hob die Augenbrauen. „Dann lieber CDU“, sagte er.

„Suchst du hier Freunde? Ich meine, du bist doch ausm Unileben längst raus, und dann rauchst du hier zwei Zigaretten nacheinander und schaust dich ständig um. Da hab ich mir die CDU aber ein wenig, na ja, verlässlicher vorgestellt.“

„Ich mache Wahlkampf.“

„Was? Hier?“

„Ja! Siehst du die Leute da drüben, die da demonstrieren?“

„Die vom AStA?“ Beide schauten rüber zu den vier Zelten und dem Dutzend Leuten, die davor an zwei Tischen standen und Zettel verteilten.

„Das denkst du. Die ganze Studierendenvertretung haben wir längst unterwandert. Die Hälfte der Leute ist CDU-Mitglied und wirkt in die ach so subversiven Gruppen rein. Seid doch eh alles Spießer!“

„Was für'n Quatsch! Der Malte ist bestimmt nicht bei der CDU.“

„Der Malte ist der Allerschlimmste. Der ist sogar in einer schlagenden Verbindung. Borussia Düsseldorf.“

Sven wusste vom Fußball, dass Borussia der lateinische Namen für Preußen war. Dass Borussia Düsseldorf nur ein Tischtennisverein war, wusste er nicht, Silke aber auch nicht.

Silke sagte, Sven habe wohl zu viel Ernst Jünger und Heidegger gelesen. Aber Sven hatte keine Ahnung, wovon sie sprach. Er wusste nur, dass Heidegger irgendein Freiburger Philosoph gewesen war, und Freiburg fand er schon immer scheiße: die mühsamen Auswärtsfahrten, die Niederlagen und die ach so glücklichen Menschen, die dort im Stadion direkt neben dem Gästeblock saßen und ganz verängstigt guckten, wenn sich die Gästefans nebenan die ganze Weltwut aus der Seele schrien. An all das dachte Sven nur kurz, sagen konnte er es ihr nicht.

„Hast du Hunger?", fragte sie ihn plötzlich. Und noch bevor er etwas sagen konnte, zog sie einen Schlüsselbund aus der Jackentasche. „Lass uns ins *Lot Jonn* gehen. Da können wir uns nebenan was zu essen holen und umsonst Kaffee trinken. Wir machen ja erst später auf."

Sven war ganz verlegen ob ihrer Spontaneität. Sie fuhren mit Silkes Auto und redeten nicht viel. Er war müde, roch und hatte einigen Stuss erzählt. Wenn er sich jetzt blöd anstellte, könnte das ziemlich peinlich werden. Nicht nur für ihn. Auch für die ganze Gruppe, für das ganze Projekt. Silke entschied sich für Thai-Essen, und Sven traute sich nicht mal mehr zu sagen, dass er darauf gar keine Lust hatte. Sie parkte ein paar Meter vor dem Lokal, stieg aus und kam mit zwei dampfenden Aluschalen zurück. Dann gingen sie rüber ins *Lot Jonn*. Silke holte Besteck und zündete eine Kerze an. Sven fand es ziemlich beeindruckend, dass sie nicht mit Stäbchen essen wollte. Sabine hätte das getan.

Sven fühlte sich wie ein Loser und wollte mit offenen Karten spielen. „Silke", sagte er leise und guckte auf den Tisch vor sich, „Ich muss dir was sagen …"

Sie hob die Augenbrauen.

„Ich bin nicht der, der du denkst. Ich bin ein elender Verlierer. Ich bin gar nicht in der CDU."

„Ach was?!"

„Ja, wir sind eine Selbsthilfegruppe."

„So'n Raucherscheiß?"

„Nein."

„Tennis?"

„Tennis? So'n Quatsch. Fußball."

Sven hätte auch direkt „ja" sagen können, schließlich rauchte niemand in der Gruppe, nur er ab und zu. Aber warum sollten Raucher Woche für Woche irgendeinen Blödsinn unternehmen, eislaufen gehen und Drachen steigen lassen?

Silke musste furchtbar lachen. „Und dann landet ihr ausgerechnet im *Lot Jonn*?"

„Immerhin zeigt ihr keinen Fußball."

„Na ja, keine Bundesliga. Länderspiele und so schon. Und eine Thekenmannschaft haben wir auch."

Sven war jetzt sprachlos, und Silke wurde einiges klar: der Anruf beim ersten Ausflug mit der Frage nach dem Videotext zum Beispiel und auch der Korb voller Fußballzeug, mit dem wir zum Trödelmarkt gezogen waren. Sven nickte betreten. Zum Lachen war ihm nicht zumute. Dann redete er sich alles von der Seele. Eine halbe Stunde lang erklärte er ihr unseren verzweifelten Versuch, von der Fußballsucht loszukommen, erzählte von unseren Unternehmungen, seinem elenden Post-Job, der Idee, an der Uni ein neues Glück zu finden.

Silke guckte immer mitleidiger. So gewann er sicher auch keinen Blumentopf. Es sei denn, sie hatte irgendeinen Komplex und stand auf Verlierer, aber darauf hatte er auch gar keinen Bock. Sven war Werder-Fan und kein Verlierer. Karl, Ralf und ich – *das* waren in seinen Augen Verlierer.

Er dachte, dass eine kleine, radikale Kampftruppe sicher ein bisschen cooler rüberkommen würde als eine Selbsthilfegruppe, vor allem bei so linken Studenten. Aber er wollte ihr noch nichts sagen. Dafür war das Ganze noch zu unausgereift. Er entschied sich für die Offensive. „Sollen wir eine Partie Billard spielen?" Angriff ist die beste Verteidigung, Sven hatte Otto Rehhagel immer gemocht.

Während des Spiels gewann Sven schnell die Oberhand, Kugel für Kugel lochte er ein. Er war derart überlegen, dass er fast schon sein Interesse an Silke verlor. Als sie ihn leise mit dem Queue in der Hand fragte, ob er ihr das nicht mal zeigen könne, dachte er gar nicht daran. Er war ein Kämpfer und mitten im Spiel, da wollte er keine Tricks verraten. Erst als er klar gewonnen hatte und sie am Tisch lehnte und ihn mit großen Augen anguckte, verstand er die Situation. Ganz kühn fragte sie: „Hat das Ganze jetzt ein Nachspiel?"

Sven überlegte kurz, ob er sie auf dem grünen Tisch vernaschen sollte, aber das war ihm dann doch zu schmutzig. Also packte er sie an den Hüften, legte sie über seine rechte Schulter und steuerte so mit ihr den Kickertisch an. Behutsam legte er sie mit dem Hintern auf dem Tor der roten Kickermannschaft ab, doch als er ihre Strickjacke auszog und ihr T-Shirt sah, bekam er einen Schreck.

„Was ist das denn?"

„Was?"

„Das T-Shirt!"

„Nur ich", las sie vor.

„Danke, ich kann lesen."

Erst dann verstand sie die Situation. Das T-Shirt hatte ich ihr einst mitgebracht. Ich hatte es auf dem Trödelmarkt gegen ein Nürnberg-Trikot getauscht. Sven wäre es lieber gewesen, Silke hätte ein Nürnberg-Trikot angehabt. Er drückte sie weg. Silke versicherte ihm, dass da nichts zwischen ihr und mir gewesen sei, aber Sven bekam ein schlechtes Gewissen. Ich war der Kapitän, und er spielte heimlich mit ihr Tischfußball mit Anfassen. Vielleicht hätte er die Sache doch auf dem grünen Tisch regeln sollen.

„Sorry, unbespielbare Platzverhältnisse“, sagte er.

Gefährliche Standards

Bis Mitte Januar war ich bei meinen Eltern in Schwabach geblieben. Von meinem Fußballentzug sagte ich nichts. Das Thema Fußball umschiffte ich überhaupt, so gut es ging. Dafür fragte ich meinen Vater über alles Mögliche aus: seine Kindheit, seinen Job – alles Dinge, die mich nicht sonderlich interessierten. Leichter wäre es gewesen, einfach über den Club zu reden oder gar von der Gruppe zu erzählen. Sie hätten es wohl für eine snobistische Aktion eines jungen Bankers aus Düsseldorf gehalten. Ich wollte meine Eltern auch nicht mit meiner Suche nach einer Sinnstruktur überfordern, zumal mir außer Badminton immer noch nicht sehr viel eingefallen war. Und so nickte ich nur, wenn mein Vater über den neuen Stürmer fluchte, und machte oben in meinem Zimmer unter dem Dachboden heimlich, still und leise meine Liegestütze. Das war zwar viel snobistischer als alles andere, aber das wusste mein Vater ja nicht.

Zurück in Düsseldorf, noch in der Winterpause, konnte ich mich endlich meinem möglichen neuen Lebensinhalt nähern: Badminton. Es war gar nicht so leicht, einen Termin mit den drei anderen zu finden: Ralf hatte immer irgendwelche Vorträge, Sven flüsterte von „großen Plänen", und Karl faselte wirres Zeug von seinem Energiehaushalt. Mit dem Schwung des neuen Jahres machte ich dann endlich Nägel mit Köpfen und holte mit einem Mietwagen die Jungs am *Lot Jonn* ab. Der Tag verlief dennoch komplett anders als gedacht. Dabei wäre Badminton prädestiniert gewesen, meine Kapitänsrolle in der Gruppe zu stärken. So dachte ich zumindest. Zwei gegen zwei – und die anderen würden schon nach dem ersten Satz wimmern.

Stattdessen lagen Sven und ich schnell 1:7 hinten. Karl stand wie ein Koloss in der Mitte des Platzes und hob mit aller Ruhe die Bälle ins Feld, während Ralf, der alte Fighter, uns die Bälle nur so um die Ohren bolzte. Selbst meine Ausrede – „mein Knie“ – konnte die älteren Herrschaften nicht gnädig stimmen. Vielleicht hätten wir doch lieber Fußball in diesen Käfigen spielen sollen, die es am Halleneingang gab. Da hätte eine Niederlage zumindest theoretisch Sinn gemacht.

Der Vorteil der Winterpause lag darin, dass wir nicht 90 Minuten plus 15 Minuten Pause durchhalten mussten. Und so hörten wir nach zwei Sätzen auf, stiegen schweigend ins Auto und machten eine Pause auf dem Parkplatz bei McDonald's. Die eigentliche Herausforderung sollte, wie so oft, sowieso erst in der Nachspielzeit auf uns warten. Während wir unsere Burger aßen, lief im Radio WDR 2, auch das war in der Winterpause mal drin. Kaum hatte Tim Bendzko sein Lied fertig gesungen, kamen die Nachrichten, und Sven rief von hinten schon „lauter“, als der Sprecher noch gar nicht angefangen hatte.

„Ein Drohbrief schockt die Bundesliga“, hieß es da. „In der Zentrale des Deutschen Fußball-Bundes in Frankfurt am Main ist am Morgen ein Drohbrief eingegangen …“

„Das ist ja abgefahren“, sagte ich.

„Lauter“, schrie Sven noch mal, und ich stellte den Rückspiegel auf Svens Gesicht.

„… Eine neue Terrorgruppe fordert die sofortige Einstellung des Spielbetriebs – in allen deutschen Fußball-Ligen. Als Vorbild für die Gruppe dient offenbar die Rote-Armee-Fraktion. Auf dem Briefkopf prangt ein roter Ball, darauf ein schwarzes Maschinengewehr und der Name der Gruppe: NWF ..."

Sven wurde auf der Rückbank immer kleiner, Karl rückte von ihm ab. Mein Kopf fiel nach vorne in den Schoß. Meine Güte, worin waren wir denn jetzt verstrickt?

Wir hörten noch, dass der Verfassungsschutz bereits eingeschaltet war, aber der war ganz offenbar auf der falschen Fährte. Die Ermittler dachten, dass NWF eine Reminiszenz an die Hip-Hop-Gruppe „Niggaz Wit Attitude" war und nun für „Niggaz Without Football" stand. Das Bundeskriminalamt ermittelte jedenfalls schon im salafistischen Milieu.

„Du lieber Gott, Salafismus", sagte Karl leise.

„Was hast du dir dabei gedacht?", schrie ich Sven an. „Ich war kurz vor dem Durchbruch. Ich wollte uns als Partei anmelden. Mit etwas Glück hätten wir bei der Bundestagswahl antreten können!"

Ralf hatte sich die Hände vors Gesicht geschlagen, und ich weiß nicht, welche Aktion er jetzt schlimmer fand. „Bundestagswahl? Drohbrief? Findet ihr nicht, dass ihr euch mal entscheiden müsst? Und vor allem: dass ihr das mal mit uns besprechen solltet? Ich brauche keine neue Partei. Und auch keine Terrorgruppe!"

Ich wurde kurz hellhörig. Neue Partei? Ich drehte mich zu Sven, aber der winkte nur ab.

„Bleibt mal locker, Jungs", sagte Sven, „das war doch nur eine Attrappe. Ich habe Pulver in ein Briefkuvert gesteckt, damit die das ernst nehmen, war aber nur Kreide von der Seitenlinie."

„Wenn die uns kriegen, sind wir fertig", sagte Ralf, „und meine Karriere auch."

„Wieso? Bei der Bahn suchen sie doch immer Sprengstoffmeister", ächzte Sven, aber Ralf hatte damals wohl schon eine andere Karriere im Sinn.

„Lebenslanges Stadionverbot", seufzte Karl, und wir drehten uns zu ihm um. Einige Momente lang blieb es im Auto ganz still.

„Jetzt seid doch mal ehrlich", sagte Sven, „diese ganze Scheiße mit den geistigen Inseln, mit der Sinnstruktur …"

Karl war außer sich. „Hast nicht du damit angefangen? Wer ist denn hier der akademische Wichtigtuer? Ich meine: Meditation, Yoga, Energiekugeln – meinst du, das macht mir Spaß?"

Wieder blieb es einige Momente lang ruhig. Yoga? Aber dann ließ Sven seinen ganzen Frust ab, erzählte von seiner Theorie und von seiner Praxis, dem Scheißweihnachten, den Geschenken.

„Und deswegen gleich die Otto-Fleck-Schneise in die Luft jagen?" Karl fand Svens Ausführungen anscheinend nicht ganz überzeugend. „Dann hättest du es aber mit mir zu tun bekommen: Wolfgang Niersbach ist nämlich Fortune!"

„Siehst du, du Schwachkopf", raunzte Sven, „schon wieder redest du von Fußball. Das hört doch nie auf, wenn wir nicht langsam mal zu entschiedeneren Mitteln greifen. Die RAF ist auch nicht mit Fahrradtouren groß geworden. Ich habe mir das ganz genau überlegt." Ich bekam es langsam mit der Angst zu tun. Zum Glück gab es nicht viele Mitwisser.

Wir aßen auf, fuhren los und wechselten den Radiosender. Auf Antenne Düsseldorf alberten sie schon auf unsere Kosten rum. Ein Otto-Rehhagel-Imitator war in der Leitung, er habe Halbangst, und Armin Veh glaubte, dahinter stecke bestimmt das Terror-Duo Sascha Rösler und Dieter Degowski. Der Moderator beendete den Einspieler mit der Aussage: „Wenn ihr mich fragt: Diese NWF-Fraktion kommt bestimmt aus Düsseldorf."

„Wegen dir sind wir echt zum Gespött der ganzen Liga geworden", sagte Ralf.

„Das wart ihr doch schon immer", antwortete Karl. Und ich dachte, dass Sven doch irgendwie recht hatte: Wir kamen einfach nicht los von dem Scheiß.

Am *Lot Jonn* ließ ich alle raus, auf ein Bier hatte an diesem Tag keiner mehr Lust. Außerdem war es wohl besser, nicht allzu lange mit Sven in der Öffentlichkeit gesehen zu werden. Völlig erschlagen fuhr ich nach Hause. Während der Fahrt überlegte ich mir, wie es weitergehen sollte. An eine Massenbewegung war jetzt nicht mehr zu denken. Vielmehr konnten wir nur hoffen, dass unsere klitzekleine Selbsthilfegruppe nicht auf der Terrorliste landete und wir einfach weiter unbeschwert in den Zoo gehen konnten. Sven hatte es mir auf jeden Fall vorgemacht. Während ich mit meinem Versuch, eine gemeinnützige Bewegung aufzubauen, spätestens jetzt gescheitert war, hatte Sven kurzerhand Fakten geschaffen. Die Frage war jetzt nur, ob wir mitzogen.

Für mich stellte sich die Frage bereits, als ich an diesem Samstag nach Hause kam. Im Treppenhaus kam mir schon mein vorwitziger Nachbar entgegen, der bereits bestens informiert war. „Na, Herr Hübner, haben Sie schon von diesen Chaoten gehört? Die Hisbollah will jetzt den Fußball bekämpfen. Unser neuer Nachbar ist schon ganz nervös …" Wie gerne hätte ich diesem Blödmann gesteckt, dass ich mit meinen Jungs dahintersteckte, aber ich durfte jetzt nicht unvorsichtig werden.

Wer dieser neue ominöse Nachbar war, erfuhr ich keine drei Minuten später, als ich den einen Nachbar abgewimmelt hatte und am Briefkasten stand. Hinter mir rief plötzlich eine Frau „Hallo Dani".

Ich erschrak – nach meiner Mutter klang das nicht und auch nicht nach Christiane Würkl, sonst nannte mich niemand so. Doch dann sah ich, wie ein junger, großer Mann die Treppe hinuntertänzelte: dunkler Teint, kurzgeschorener Kopf, Sportklamotten.

„Hallo", sagte der Mann plötzlich, „ich bin der neue Nachbar, Dani."

„Hä? Woher weißt du meinen Namen?"

„Wie? Deinen Namen?"

„Dani …"

„Dani ist mein Name!"

„Ach so. Ich heiße auch Dani, also Daniel."

„Ah, cooler Name."

In dem Moment dämmerte es mir: Dani Schahin. Scheiße. Mein neuer Nachbar war ausgerechnet ein Fortuna-Spieler. Das war ein Vollprofi und damit allerhöchste Alarmstufe. Schlimmer als Hisbollah. Während ich im Briefkasten kramte und hektisch meine Post aufriss, schossen mir tausend Gedanken durch den Kopf: Wenn ich das Karl sagte, stünden hier zwei Minuten später Racho und die ganze Bande vor der Tür. Wenn ich das Sven erzählte, sprengte der nachher noch das ganze Haus in die Luft.

„Du, Dani", sagte Dani Schahin plötzlich, „hast du nicht Lust, heute zu meiner Einweihungsparty zu kommen? Ein paar von der Mannschaft kommen auch. Es könnte ein bisschen lauter werden. Da ist es doch lustiger, wenn die Nachbarn direkt auch kommen."

Ich blieb entgeistert stehen. Ich bekam die Gelegenheit, einen Abend mit einem Haufen Profis zu verbringen, womöglich könnte ich nebenbei noch einen Deal einfädeln, Schahin nach Nürnberg locken und ein neues Sturmduo mit Alexander Esswein beim Club etablieren. Schließlich hatten beide schon bei Dresden zusammengespielt. Zumindest vier Mann für ein neues Badminton-Team sollten sich finden lassen. Doch meine Jungs würden mich lynchen, das war klar.

Gerade als ich fieberhaft nach einer neuen Ausrede suchte, sagte Schahin: „Sag mal, kennst du diesen Typen?" Er zeigte auf das Foto, das ich gerade aus einem Briefumschlag gefischt hatte. Ich wollte ein NWF-Fotoalbum anlegen und hatte Abzüge bestellt. Das Foto zeigte Sven beim Drachensteigenlassen. „Den da? Äh, wieso?"

Schahin wirkte ganz verschreckt. „Der Typ kommt ständig zu uns zum Training und guckt immer total böse. Anfangs dachte ich, der sei ein Fan, einer von den Alten, die ständig von früher erzählen und immer schlechte Laune haben. Doch als ich ihm mal ein Autogramm geben wollte, brüllte der mich an, ich solle ihn in Ruhe lassen. Seitdem heißt der bei uns im Team nur ‚Lederspacko', weil der bei jedem Wetter seine Lederjacke anhat."

„Ja, ja, ich kenne den", sagte ich, „ich recherchiere gerade eine Geschichte über ihn. Ich bin Junior Researcher", sagte ich. Eine andere Erklärung fiel mir nicht dafür ein, warum ich das Foto eines Verrückten aus dem Briefkasten zog.

Schahin nickte. „Junior Researcher", sagte er leise.

Ich raunte: „NWF …"

Darauf zuckte er zusammen und guckte mich mit großen Augen an. Ich nickte wissend. Ein bisschen Angst hat noch nie jemandem geschadet. Und im Zweifel stand ich natürlich auf Svens Seite. Sven war mein Spieler, ich sein Trainer, da brauchte er volle Rückendeckung, auch wenn er mal durchdrehte. Solange er nicht den Breno machte und Häuser anzündete.

Abends, während sich in meinem Haus das Who's who der ewigen Talente versammelte, ging ich um den Häuserblock spazieren. Ich sah neue Geschäfte, Baustellen, wo Wohnungen entstanden, es ging vorwärts in Düsseldorf, nur ich kam nicht vom Fleck. Als ich zurückkam, war die Party noch im Gange. In der Wohnung lief ich hin und her, während aus Schahins Wohnung Gelächter drang. Ich dachte an Sven, der langsam durchdrehte, an Karl, dem ich wohl besser nichts vom neuen Nachbar erzählen würde, und an Ralf, dem das Ganze vermutlich sogar egal war. Ich stand zwischen allen Stühlen und hatte für mich noch keinen Weg gefunden. Nein, dachte ich, ich hatte nicht diesen ganzen Aufwand betrieben, um mich hier von einem Stürmertalent terrorisieren zu lassen. Ich holte ein Messer aus der Küche und ging noch einmal runter. Vor dem Haus zerstach ich die Reifen von Schahins Sportwagen. Na warte, dachte ich, du wirst uns noch kennenlernen.

Zurück in der Wohnung, kam ich dennoch nicht zur Ruhe. Wie weit war ich nur gesunken? Über mir feixte eine Hälfte des potenziellen Club-Stürmerduos, und ich war kurz davor, als Mitglied einer terroristischen Vereinigung im Bau zu landen. Für was eigentlich? Ein wirkliches Leben abseits des Fußballs hatte ich mir in den vergangenen Monaten auch nicht aufgebaut. Ich hatte nicht mal ein Mädel kennengelernt. Die einzige Frau in meinem Leben brachte mir einmal pro Woche kleine Biere, die mir nicht schmeckten, und himmelte dabei diesen Sven an, der über seine Stellvertreterrolle in der Gruppe längst hinausgewachsen war.

Was waren die Alternativen? Badminton wohl kaum, und die Bewegung war gestorben. Nur die Sache mit dem Trainerschein ging mir nicht mehr aus dem Kopf. Gerade im Jugendfußball suchten sie schließlich dringend Übungsleiter, und auf diese Weise könnte ich endlich mal ein echter Leader sein. Ich dachte an meine Jugend beim TSV 04 Schwabach, der irgendwann zum SC 04 Schwabach fusionierte. Ich dachte an meine linke Klebe, die immer ganz ordentlich gewesen war, weshalb mich der Trainer immer als Libero aufstellte. Klarer Auftrag: Wenn der Ball flach kommt, weghauen: hoch und weit! Wenn der Ball hoch kommt, wegköpfen: hoch und bumm! Keine Viererkette, keine Raumdeckung, keine filigranen Innenverteidiger, die ein Spiel eröffneten. Die Zeiten hatten sich sehr geändert – und ich war irgendwie nicht ganz mitgekommen. Ich war auf der Tribüne sprichwörtlich stehen geblieben.

Noch einmal sichtete ich die Schnellhefter mit den Notizen über unsere Gruppe und die Liste mit den verschiedenen Namen, die ich mir für die Internetforen zugelegt hatte: „Stefan Kohn-Bendit“, „Kutzops Rächer“ und „Die verlorene Ehre des Max Morlock“.

Dann ging ich noch einmal hoch zu Dani Schahin. Es dauerte etwas, bis er an die Tür trat.

„Hey“, sagte er.

„Hey“, sagte ich.

„Haben sie dir auch die Reifen zerstochen?“, fragte er.

„Äh, nö. Ich habe gar kein Auto.“

Wir schwiegen kurz, dann sagte ich: „Die Scheiß-Kölner!“

„Oder dieser Lederspacko?“, meinte Schahin.

Ich war jetzt in Bedrängnis, merkte, dass ich immer roter wurde. Ich musste handeln.

„Dani …“, sagte ich, „ich muss dich mal etwas fragen.“

„Komm rein, Sportsfreund“, meinte er und rief: „Jungs, holt die Playstation raus. Wir haben einen vierten Mann.“

Junge Wilde und alte Helden

Die Medien hatten das NWF-Thema nach drei Tagen fürs Erste abgefrühstückt und Dani Schahin schon am übernächsten Tag neue Reifen. Von Ermittlungen gegen uns bekamen wir nichts mit und wähnten uns in Sicherheit, was sicher ein Fehler war. Wir hielten Svens Aktion für einen Dumme-Jungen-Streich und konzentrierten uns auf all das Böse, was um uns herum lauerte: in der Bundesliga, im Jugendfußball, bei Länderspielen und nicht zuletzt in der Champions League. Überall Tore, Tore, Tore. Jubel. Trubel. Heiterkeit. Plakatwerbung mit Schweinsteiger, Online-Banner mit diesem Götze. Und selbst die *Tagesthemen* schienen kaum noch ohne einen Fußballbeitrag auszukommen.

Die Rückrunde hatte wieder begonnen. Und schnell wurde klar, dass wir uns wirklich die mieseste Saison für unser Vorhaben ausgesucht hatten. Wobei: Eine wirkliche Wahl hatten wir ja nicht. Denn nicht weniger heikel als die Wochenenden waren die Europapokalspiele unter der Woche, wenn sich ganz Deutschland auf einmal gegenseitig die Daumen drückte, nur weil sich irgendwelche Neunmalklugen einmal einen Logarithmus namens Fünfjahreswertung ausgedacht hatten. Von diesem ganzen Quatsch hatte ich nie viel gehalten: Wie sollte ich dienstags einem Verein die Daumen drücken, den ich schon beim nächsten Aufwachen wieder hassen würde?

Neben Sven wurde Ralf zum größten Sorgenkind der Gruppe. Der hatte sein Leben nämlich bestens im Griff. Wie er launig von dem Hallenturnier seines Sohnes in Korschenbroich erzählte, von Dutzenden Spielen am Stück, von Bockwürstchen und Bier in Plastikbechern im Hallenvorraum, vom Geplauder mit anderen Eltern. Es war nur natürlich, dass wir Ralf immer weniger über den Weg trauten. Die ganze Nummer mit dem Sohn war höchst riskant – und dann immer diese Vorträge. Karl vermutete schon, dass Ralf vielleicht einen Trainerschein machte, und ich wurde richtig zornig. In jedem Fall mussten wir drei handeln.

Für den 22. Spieltag – Karl hatte sich für diesen Tag einen Besuch in der Kirche gewünscht – hatten wir einen Plan ausgeheckt. Karl hatte sich schlaugemacht, wann die F2 von Eller 04 spielte: elf Uhr morgens. Wollten wir doch mal sehen, welche Ersatzdrogen sich der werte Herr da schon am Vormittag reinpfiff. Wir trafen uns um viertel vor elf unter der S-Bahnbrücke, direkt neben dem Vereinsgelände an der lauten Vennhauser Allee. Ein Rasen-, zwei Aschenplätze – Eller ist ein Arbeiterstadtteil, Eller 04 ein einfacher Klub. Zur Begrüßung nickten wir uns verschworen zu.

Sven hatte seine schwarze Kapuze über den Kopf gezogen und schwarze Lederhandschuhe an. Wir betraten langsam das Klubgelände. Rechts das Vereinsheim, gegenüber im flachen Kasernenbau die Umkleidekabinen. Kinder kamen die Treppen herunter, ein Dutzend Eltern stand dicht beieinander – von Ralf keine Spur. Karl schlug vor, ins Vereinsheim zu gehen. An der Wand hing ein Freundschaftswimpel von Eller 04 und dem VfL Benrath, daneben: ein Abbild von Svens Drohbrief. „Der DFB bittet um Mithilfe", stand darüber.

„Kennen Sie diesen Mann?" Sven hatte ganz offenbar wieder mal die Geduld verloren und hielt der Thekenkraft ein Foto von Ralf vors Gesicht. Es zeigte ihn auf dem Trödelmarkt und war etwas unscharf. Sven hatte es wohl heimlich mit seinem Handy gemacht. Nachdem die Frau unbeeindruckt den Kopf geschüttelt hatte, haute Sven wortlos ab.

Karl guckte mich an. „Du musst Ralf nicht suchen, du musst dich erst finden", sagte er. Manchmal fragte ich mich, ob ich der einzige normale Mensch in der Gruppe war.

Draußen spielte inzwischen die F2 auf dem Halbfeld. Am Spielfeldrand war ein grauer Stein, darauf prangte eine Messingplatte: „Unseren Toten", dazu das Klubzeichen „E04". „Die Leidenschaft macht manchmal komische Sachen", sagte Karl.

„Schaaaanzer!"

Wir hörten Svens Stimme.

„Schaaaaanzer!" Er stand drüben und brüllte aufs Feld. Doch niemand von den 14 Jungs auf dem Platz reagierte. Welcher Junge hört schon auf den Nachnamen?

Wir ließen uns vom Trainer Ralfs Sohn zeigen. Bei der Frage nach Ralf hob er nur stumm seine Schultern. „Alles klar", sagte Sven scharf, „wir warten." Er ging zu einer der grünen Plastikschalen, die an der Seite des Spielfeldes in die drei Stufen montiert waren, und noch bevor er sich setzte, fragte er mich: „Ist das in Ordnung?"

Ich war beruhigt, ich hatte zumindest bei Sven meine Autorität wiedergewonnen. Vor allem konnte ich in aller Ruhe und ohne schlechtes Gewissen endlich mal wieder ein Spiel sehen. Und so saßen Sven, Karl und ich dort wie die Hühner auf der Stange. Karl holte zwischendurch drei Bier aus dem Vereinsheim, und dann guckten wir stumm Ralfs Sohn Marcus beim Spielen zu, während wir ab und zu am Bier nippten.

Mir fiel sofort sein Spielverständnis auf, das war ungewöhnlich für einen Sechsjährigen. Während die anderen blind wie ein Knäuel der Kugel hinterherrannten, blieb Marcus mit dem Ball oft stehen und passte quer auf die andere Seite, so als wollte er wie ein Großer das Spiel in die Breite ziehen. Verdammt, der hatte echt Talent. Für die F1 musste es locker reichen. Ich dachte an die Bayern, die gerade ihren neuen Wundertrainer verpflichtet hatten. Der wurde gefeiert, als hätte er nicht einfach elf Männer vernünftig aufgestellt, sondern Wasser auf dem Mond entdeckt. Ob der so etwas auch gesehen hätte? „Ein echter Sechser", sagte ich einmal leise, und Karl und Sven nickten nur stumm. Dann stießen wir an.

Als der Schiedsrichter von der Seitenlinie aus das Spiel abpfiff, schnappte ich mir Ralfs Sohn. „Bist du Marcus Schanzer?"

„Ja …"

„Mitkommen!"

Mit sanftem Druck auf die Schultern schob ich ihn zu den beiden anderen. Karl beugte sich zu ihm hinunter. „Wir müssen mal mit dir reden."

„Seid ihr von der NWF?"

Karl stutzte kurz.

„Von der CDU?"

„Um Himmels willen, fang du nicht auch noch an: Nein!", schrie Sven auf.

Mir wurde die Sache langsam zu blöd: „Wo ist dein Vater?"

„Bei der CDU."

„Bitte, was?!" Sven schlug die Hände vors Gesicht.

„Mit Silke?", fragte Karl, aber damit war er natürlich völlig auf dem falschen Dampfer.

Der Kleine verlor die Scheu vor uns, wir kochten ja auch nur mit Wasser, und von der CDU waren wir ganz offensichtlich auch nicht. Marcus erzählte, dass sein Vater bei der CDU war, so wie jeden Samstag – seit Neuestem. Seine Mutter holte ihn vom Spiel ab.

„Und auswärts?" Karl konnte die Sache einfach nicht fassen. Er war schließlich selbst mal Vater eines jungen Kickers gewesen, die Auswärtsfahrten mit den Kleinen nach Hochdahl, Baumberg oder Wersten konnte Ralf doch unmöglich verpassen, deswegen wird man doch Vater.

„Ja, wenn wir woanders spielen, fährt er meistens", beruhigte Marcus Karl kurz, „wobei: letztens bei dieser Parteiversammlung …" Wir verstanden auf einmal einiges: die ganzen Vorträge, sein Verantwortungsfetisch und irgendwie auch die Abende im Musical.

„Okay, das reicht, Kleiner", sagte ich. Eine Frau kam auf uns zu. Das musste Marcus' Mutter sein. Lieber nicht noch eine blöde Begegnung, das reichte locker für den Tag. Nicht, dass hier noch Christiane Würkl aufkreuzte. Bislang hatten wir uns nicht zu erkennen gegeben. Wir konnten auch einfach ganz normale Verrückte sein. Der Kleine rannte seiner Mutter in die Arme. Und wir drei hörten noch, wie Marcus sagte: „Mama, ich glaube, das waren diese Salafisten."

Heike erschrak. Langsam begriff sie, dass die Typen, mit denen ihr neuerdings so netter Ralf am Samstag rumhing, doch nicht so nett waren. Vielleicht schlimmer als die alten Haudegen aus längst vergangenen Hertha-Zeiten. Nicht ganz so kräftig, aber listig und gerissen. Und sie passten so gar nicht zu den anderen Freunden von den Vortragsabenden. Ralf erzählte Marcus immer nur von den Unternehmungen, die wir machten – „mit alten Freunden", sagte er dann. Wenn Marcus älter gewesen wäre, hätte er sicher eine Affäre dahinter vermutet, und vielleicht wäre das tatsächlich die bessere Alternative gewesen.

* * *

Wir fuhren alle kurz nach Hause und trafen uns am Nachmittag in Benrath vor der Kirche wieder. Samstags halb vier, das war immer ein guter Zeitpunkt gewesen, den Glauben zu verlieren, warum sollte man ihn da nicht auch mal gewinnen?

Ich bekam immer mehr das Gefühl, dass mir die Dinge entglitten, deswegen kam mir dieser Ausflug ganz gelegen. Karl hatte auf einer katholischen Kirche bestanden, die war prunkvoller, geheimnisvoller, also genau das, was er suchte – wenn schon kein Yoga-Tempel. In Holthausen kannte er außerdem zu viele Menschen. Das *Lot Jonn* schenkten wir uns, Sven hatte gemeint, das sei doch diesmal überflüssig.

Shilpa hatte Karl inzwischen ganz schön den Kopf verdreht. Die erste Yogastunde endete auf dem Dielenboden in Shilpas Altbauwohnung. Beim zweiten Treffen bot Shilpa ihm einen Joint an, aber das wurde ihm dann doch zu heiß. Lieber erst einmal in die Kirche gehen, hatte Karl sich gedacht. Er war ja eigentlich nicht so der spirituelle Typ.

Es war vielleicht ganz gut, dass kein normaler Gottesdienst stattfand. Wer weiß, ob wir da nicht sofort wieder rausgeflogen wären? Aber so war die Kirche leer. Die sinkenden Zuschauerzahlen waren überhaupt eines der wenigen Dinge, die Kirchen von Stadien unterschieden. Darin ähnelten sie eher den Stadien der Achtzigerjahre, als nur die Unverdrossenen kamen, wenn auch ohne all die Rüpel, Ralfs und Randalierer. Sonst waren die Abläufe sehr ähnlich – zumindest an, na ja, Spieltagen: das Eintreffen der Gemeinde, die Begrüßung, die Routine, die Zerstreuung, das Hadern mit höheren Mächten.

Karl hatte die meiste Scham vor den Kirchgängern, schließlich war er auf einem ziemlich irdischen Selbstfindungstrip – wenn auch mit esoterischem Anstrich. Und er kannte auch nicht all die Abläufe, Verhaltensregeln, Lieder und Gebete. Schon beim letzten Mal, bei dieser Taufe, war er sich vorgekommen wie ein Junge, der das erste Mal einen Fanblock betritt, der staunt, dazugehören möchte, die Lippen schüchtern bewegt und leise einen Ton dröhnt, um nicht ertappt zu werden.

In den letzten Monaten war er immer scheuer geworden. Fortuna war der gemeinsame Kitt im gesamten Freundeskreis. Der war wie eine Kirchengemeinde, die sich seit Jahrzehnten Woche für Woche trifft, die ihre Rituale hat, die quer durch die Republik pilgert und auch gerne mal wieder weiter weg fahren würde. Immer auf Mission, getrieben von der Sehnsucht nach Erlösung. In Karls Freundeskreis war die Fortuna das verbindende Element. Die Rolle des Underdogs, des ehrlichen Verlierers. Sie, die Treuen, die nicht aufgaben, egal, wie tief es hinabging, die 93/94 auch nach Teveren fuhren und auf der Rückfahrt von der 0:3-Niederlage im Auto „Marmor, Stein und Eisen bricht" sangen. Zu zweit – nur er und Racho, der damals noch Volker hieß.

Als Karls Frau mit seinem Arbeitskollegen durchbrannte, umarmten ihn seine Freunde, abends an der Theke, und flüsterten ihm Fortuna-Treueschwüre ins Ohr. Und als beim nächsten Spiel Fortuna auswärts in Gütersloh spielte und Igor Dobrowolski das 0:1 machte, umarmten sie ihn noch ein wenig fester als sonst.

Die grau gestrichene Kirche war duster, trotz roter Verzierungen an den Säulen. Auf der rechten Seite des Hauptausgangs lag ein schwarzes Buch aus, das Karl an die Goldenen Bücher erinnerte, in die sich prominente Gäste ständig eintrugen – oder Fußballmannschaften, wenn sie denn mal Titel gewannen.

Wir gingen leise durch das Kirchenschiff und hockten uns in die letzte Reihe. Karl zog ein schwarzes Gesangsbuch heraus, das in der Rückenlehne der vorderen Reihe steckte. Er erzählte leise von Massimo Morales, einem früheren Fortuna-Trainer, mit dem sie 2004 von der vierten in die dritte Liga aufgestiegen waren und dessen Namen sie zur Melodie von „Gloria in excelsis Deo" besungen hatten: 18-faches „la", dann alle: „Ma-ssi-mo Mo-ra-les".

Ralf deutete auf den Kirchenboden und flüsterte: „18 Liegestütze, aber mindestens." Karl handelte das Ganze auf Kniebeugen herunter. Die machte er neben der Bank, langsam und leise, während vor uns eine Frau im beigen Mantel Platz nahm und sich auf die grau gepolsterte Leiste niederkniete. „Hat die auch Morales verehrt?", sagte Sven, aber Karl winkte nur ab.

Karl wollte das alles nicht veralbern. Und dennoch konnte er mit der Unterwürfigkeit nichts anfangen. Er erzählte leise, dass er nie an höhere Mächte geglaubt hatte, auch nicht an die Unsterblichkeit der Fortuna, wie so viele andere. Auch eine Verpflichtung gegenüber dem Verein fühlte er schon lange nicht mehr. Karl hatte in 40 Jahren als Fan einige Hundert Spieler im Fortuna-Trikot erlebt, Dutzende Verantwortliche in der Geschäftsstelle am Flinger Broich – so lang wie er war kaum jemand dabei. Eine Verpflichtung hatten allenfalls die anderen ihm gegenüber, er war niemandem mehr etwas schuldig.

Das Gerede von Moral und Morales wurde abrupt unterbrochen, als jemand „Ich grüße Sie" rief. Der Pastor kam mit ausgebreiteten Armen auf uns zu. „Ach du Scheiße!", entfuhr es Karl. Er ging sofort in die Knie und hielt sich die Hände vors Gesicht. Ralf dagegen stand auf, ging auf den Pastor zu und schüttelte ihm beide Hände. „Der Ralle ist doch Protestant", sagte Sven. „Was geht hier eigentlich vor sich?"

„Seid froh, dass der nicht rüberkommt", flüsterte Karl, während er in Gebetshaltung blieb, „ich kenne den Typen. Das ist Georg, Schorsch, ein Jugendfreund von mir. Der ist ein Riesen-Fortuna-Fan. Ich wette, der sitzt da hinten in seinem Kämmerlein und schaut Konferenz. Wenn der mich sieht, kriegen wir die kompletten Halbzeitstände ans Ohr getextet."

Karl erzählte, dass Georg, als er noch Schorsch hieß, immer mit zur Fortuna gefahren war. Als Fortuna 1995 den Durchmarsch in die Bundesliga klarmachte, soll er auf der Toilette der Vereinsgaststätte des Chemnitzer FC vor der Abfahrt noch mit der Freundin eines Chemnitzer Spielers geknutscht haben. Karl behauptete steif und fest, das sei die Freundin von Michael Ballack gewesen, der damals bei Chemnitz auf der Bank saß. Als Schorsch das hörte, verlor er den Glauben an die Liebe und suchte sein Heil in der katholischen Kirche.

„Hey Karl, sieh das doch mal als Chance", sagte ich. „Das kann doch dein Mentor werden. Wenn du dich ihm anvertraust, hast du eine Chance. Der versteht sicher, dass du vom Fußball loskommen willst."

Karl guckte kurz hoch. „Vielleicht hast du recht." In dem Moment hatte der Pastor Karl erkannt und winkte ihn herbei, auch Ralf winkte.

„Und?", fragte ich Karl, als er wieder zurückkam.

„Er hat mich nicht verstanden. Im Gegenteil: Jetzt, wo Michael Ballack seine Karriere beendet hat, will er wieder auswärts fahren."

„Was denn?", fragte Ralf ahnungslos. Und als Sven „Vergiss es" zischte, sagte Ralf völlig arglos: „Steht doch sowieso fast überall noch 0:0."

Gegen Svens Willen machten wir uns auf den Weg ins *Lot Jonn*, zumindest einmal am Spieltag wollten wir unser Bier trinken. Wir fuhren ganz langsam, um bloß nicht vor dem Ablauf der Spielzeit in der Kneipe zu sein. Als wir so mit 60 Stundenkilometern über die Bundesstraße schlichen, merkte Sven an, dass uns ein Auto folgen würde.

„Jetzt fang nicht schon wieder mit deinem Verfolgungswahn an", keifte Ralf. „Karl, sind das wieder irgendwelche Kumpels?", fragte ich noch, aber Karl verneinte. Auf der Rückbank zog Sven derweil schon mal seine Lederjacke aus und boxte sich mit der rechten Faust in die linke Handfläche. „Okay, Ralf, keine Waffen, okay? Alte Schule. Sollen die Bullen doch kommen“, sagte Sven, aber Ralf schüttelte nur den Kopf: „Junge, die Zeiten liegen hinter mir. Außerdem dachte ich, du bist jetzt an der Uni.“

„Ist doch immer das Gleiche“, sagte Karl. „Du schickst die Leute an die Uni, und dann drehen immer ein paar durch und wollen lieber die Weltherrschaft, statt mal zwei Hausarbeiten pro Jahr rechtzeitig abzugeben.“

Um 17:17 Uhr trat Ralf ein bisschen mehr aufs Gas, wir machten „High five“, die Spiele waren zu Ende, und das langsame Auto hinter uns verschwand am Horizont. Erleichtert parkten wir direkt vor der Kneipe. Wir gingen zu unserem Stammplatz, Karl runter aufs Klo, während Silke drüben an der Spüle stand und uns still beobachtete.

Zum ersten Mal in dieser Saison bediente uns ein anderer Kellner. Breitschultriger Typ, Polizistengesicht, Kategorie C. Sven machte sich gleich wieder fast in die Hose. „Das ist bestimmt ein Verdeckter wegen der NWF-Geschichte“, sagte er.

„So'n Quatsch“, sagte Ralf. „Hier denkt doch jeder, dass wir von der CDU sind. Vom Fußball weiß hier doch niemand etwas.“ Sven senkte den Kopf, und ich musste an Dani Schahin denken. In dem Moment kam Karl von der Toilette wieder. „Sind Bullen aufm Klo?“, zischte Sven.

„Junge, entspann dich mal“, sagte Karl, „hier sind überhaupt keine Bullen.“

„Und der Kellner?“

„Das ist Robert, ein alter Freund von mir, der ist alles andere als ein Polizist. Was anderes: Ich habe eine gute und eine schlechte Nachricht.“

„Die schlechte?“

„Der Robert hat mir die Ergebnisse verraten.“

Schweigen. Kopfschütteln. Keiner traute sich, nachzufragen.

„Und die gute?“, fragte ich.

„Wir haben Fürth geschlagen.“

Karl war offenbar noch lange nicht von der Fortuna los, und ich wusste nicht mehr, ob ich mich darüber ärgern oder freuen sollte. Dass es für die Düsseldorfer der letzte Sieg der Saison gewesen sein sollte, konnte damals noch niemand wissen. Und erst später erfuhr ich, dass Dani Schahin an diesem Tag ein miserables Spiel abgeliefert und völlig verunsichert einen Elfmeter verschossen hatte.

Das Eis brechen

An einem Spieltag im April gingen wir eislaufen. Wir dachten, dass wir in der Halle zu der Jahreszeit bestimmt unsere Ruhe hätten – auch vor der Polizei. Dennoch bereitete die Idee mir große Sorgen. Nicht, weil Karl mal Eishockey-Fan gewesen war. Aber Eislaufen war nicht gerade eine Schwäche von mir. Als Kind war ich sehr viel eislaufen gewesen. Ich war sogar im Verein, aber das hatte ich seit Jahren keinem Menschen erzählt. Und jetzt war ich mir nicht sicher, wie viele Pirouetten meine Rolle als Kapitän vertragen würde. Ich plante eine souveräne Rückwärtsfahrt. Das würde reichen, um Stärke zu demonstrieren, ohne allzu feminin zu wirken.

Wir fuhren mit Ralfs Auto, einem Golf IV, dessen Rückbank wir erst mal von allen möglichen Supermanfiguren und Teddybären befreien mussten. Dann düsten wir Richtung Süden, nach Benrath, und spürten die ersten Sonnenstrahlen des Jahres in unseren Gesichtern, Vorfreude im Herzen, und aus den Boxen dröhnte „Easy Lover“ von Phil Collins. „Lauter!“, rief Karl, er konnte den Text auswendig.

Fortuna spielte an jenem Tag gegen Bremen, und ich hatte keine Ahnung, ob Sven das wusste. Als er Karl begrüßte, ließ er sich jedenfalls nichts anmerken. Er wirkte zu dieser Zeit eiskalt und zu allem entschlossen. Um kurz vor vier waren wir an der Halle, die ihre besten Zeiten auch schon hinter sich hatte. Damit passte sie aber wesentlich besser zu uns als die neumodische Minigolfanlage mit Schwarzlicht, auf der wir ein paar Spieltage zuvor gelandet waren.

Ich fühlte mich gut. „Macht euch keine Sorgen", sagte ich, als wir parkten, „ist alles mit dem Hallenwart geklärt. Die Ergebnisse werden nicht durchgegeben. Und die Fernseher zeigen nur Musikvideos." „Ich tippe auf Phil Collins", sagte Sven leicht säuerlich, und Ralf wirkte etwas angespannt.

An der Ausleihe holte ich mir Eishockey-Schlittschuhe, darauf legte ich großen Wert. Karl, der Depp, ließ sich weiße andrehen, während Sven im Gastrobereich versuchte, Ralf von der Jukebox wegzukriegen.

Ich schnappte mir Karl, der vorsichtig aufs Eis stieg, während Sven und Ralf drüben immer noch lauthals stritten. Als „It Must Have Been Love" ertönte, ahnte ich, dass Sven sich durchgesetzt hatte und dass alles nicht spurlos an ihm vorübergegangen war: die Trennung von Sabine – und die von Werder. Erstaunlich trittsicher stieg Sven aufs Eis und setzte zu einer großen Runde an. Nur dass er eine Sturmhaube trug, irritierte etwas. Anscheinend hatte er Angst vor den Kameras.

Ansonsten gab es keinen Grund zur Klage: Den Jungs gefiel es dort, und Polizisten und Fußballfans waren auf den ersten Blick nicht zu sehen. Karl tippelte zu „San Francisco" auf dem Eis, Sven umkurvte ein paar pubertierende Mädchen und fragte, ob wir nicht noch die Disco von 20 bis 22 Uhr mitnehmen sollten. Und Ralf tauchte irgendwann mit einem Eishockeyschläger auf – weiß der Henker, wo er den herhatte – und fuhr damit immer wieder mit Anlauf gegen die Bande.

Irgendwann setzte ich dann auch zu meiner geplanten Rückwärtsübersetzen-Fahrt an. Es sollte beiläufig wirken, und trotzdem sollte mich jeder sehen. Doch als ich so dahin glitt und gerade die erste Runde absolviert hatte, zog plötzlich Sven an meiner Jacke: „Jetzt hör mal auf mit deinem Rudi-Cerne-Gedächtnislauf. Was sind das für Typen?" Er zeigte auf zwei Kerle, die bei Karl standen, auch so um die 50, auch so Jeanstypen. „Die sind mir draußen aufm Parkplatz schon aufgefallen, die haben uns beobachtet“, sagte Sven.

„Was haben die?“

„Die standen hinter uns. Ich sag's dir: Das hier ist XY ungelöst total!“ Sven erzählte, dass Rudi Cerne, der Fernsehmoderator und ehemalige Eiskunstläufer, mal Ende der Siebzigerjahre am Düsseldorfer Flughafen mit dem RAF-Terroristen Christian Klar verwechselt und festgenommen worden war. Auf einmal bekam ich Angst, ich wusste nur nicht, vor wem: vor diesen Typen, vor Svens Fantasien oder vor Rudi Cerne?

Doch was war da drüben los? Waren das Polizisten? Sven und ich glitten zu Karl. Der stand bei diesen beiden Männern, mit den Armen ruderte er herum, es sah entschuldigend aus. „Hey Jungs“, sagte Karl, hektisch, aufgeregt, „das sind Ludger und Dietmar. Darf ich vorstellen: Daniel, ein Jahr, und Sven, fünf Jahre.“

Der, der Dietmar heißen sollte, gab uns die Hand, nüchtern und sachlich, in zwei Sekunden musterte er uns von oben bis unten. Sven trug immer noch die Sturmhaube. Dann sagte Dietmar: „Ihr seid also die Selbsthilfegruppe.“

Verdammt, dachte ich: aufgeflogen. Was hatte Karl erzählt, was sollten diese Jahresangaben, und vor allem: Wie sollten wir reagieren? Sollten wir dazu stehen? Oder verbot das unser Stolz, unsere Ehre, dieser ganze Männerscheiß? All das schoss in Sekunden durch mein Hirn.

Dann sagte Ludger, der andere, ganz trocken: „Nehmt es nicht so schwer. Ich hatte auch mal eine Selbsthilfegruppe. Ich bin auch geschieden.“ Wir guckten Karl an, der uns kurz zuzwinkerte. Gerade als ich dachte, die Situation sei gerettet, meinte Dietmar plötzlich zu mir: „Bist du nicht der Verrückte aus der Fußgängerzone?“

Die anderen guckten mich an.

„Nein, da verwechselt ihr was", sagte Sven, „das ist der Verrückte aus dem Frühstücksfernsehen, der uns vor dem Weltuntergang bewahrt." Er boxte mich leicht in die Seite. Es sollte kumpelhaft wirken, aber es war recht fest. Mein Herz stand für einige Momente still: Ich war aufgeflogen, aber alles, was ich gemacht hatte, war wohl zu absurd, als dass sich erwachsene Menschen von Angesicht zu Angesicht darüber unterhalten würden. Wie eine Ufo-Sichtung in der Nachbarschaft, die für alle Zeiten unausgesprochen bleibt.

Ralf, der inzwischen bei uns stand, sagte nur: „Ich finde jede Form von zivilem Ungehorsam demokratietheoretisch höchst problematisch." Karl, Sven und ich guckten uns kurz beeindruckt an, aber Dietmar sagte nur: „Und wir dachten schon, es ist etwas Schlimmes. Immerhin kommt Karl schon seit Saisonbeginn nicht mehr ins Stadion. Und Schnalle hatte schon gemeint, du hättest mit Yoga angefangen …" Dann lachten Dietmar und Ludger laut los, während Karl betreten auf den Boden guckte.

„Alles halb so wild", versicherte Sven und setzte seine Sturmhaube ab, „wir sind einfach nur ein paar Loser, die geschieden sind und jetzt am Samstagnachmittag ein paar Teenagern auf Schlittschuhen hinterherfahren. Kein Grund zur Panik."

Wir schlugen nacheinander ein, wie im Stadion, doch als im Hintergrund „Sailing" von Rod Stewart ertönte und Ralf natürlich sofort an das Hertha-Lied „Nur nach Hause gehn wir nicht" dachte, da hielten wir Ralf ganz fest. „Verdammte Scheiße", sagte ich zu Dietmar und Ludger, „wir müssen jetzt stark sein. Das Hochzeitslied."

Und so schlitterten wir zu viert tapfer umher. Wir überstanden Rod Stewart genauso wie „Yellow Submarine" von den Beatles, als wir alle ein „Zieht den Bayern die Lederhosen aus" auf den Lippen hatten. Es ging alles gut, bis „Can't Take

My Eyes Off You“ von Gloria Gaynor aus der Jukebox schallte, bis Karl als Erster das Lied erkannte und Ludger von drüben „Unser Lied!“ rief. Bei der Zeile „You are just too good to be true“ gingen Ludger und Dietmar gemeinsam in die Hocke und murmelten, während Karl eilig das Eis verließ. Und als Gloria Gaynor den Refrain sang – „I love you baby, and if it's quite alright, I need you baby, to warm a lonely night“ – grölten Ludger und Dietmar dazu laut „For-tu-na Düsseldorf, scha-lalalalala“, das sie dreimal wiederholten.

Ich sah, wie Karl drüben mit geschlossenen Augen an der Bande stand, und ich wusste nicht, ob er Angst vor uns hatte, vor Sven, vor mir oder vor Ludger und Dietmar. War er etwa dorthin gelaufen, weil er neben dem Eis besser stehen und summen konnte? So oder so: Ich konnte ihm nicht böse sein. Erst recht nicht, als er nach dem Lied zu uns kam und kleinlaut erklärte, wir sollten uns nichts denken. Er habe nicht „Fortuna Düsseldorf“ gerufen, sondern „Frank-Walter Steinmeier“, das sei nun mal zufällig das gleiche Versmaß, und da könnten wir nichts sagen.

Ralf forderte zornig den sofortigen Abbruch. Und so verließen wir die Halle. Sven sammelte noch ein paar Facebook-Namen von Teenagern, ich musste für Karl seine weißen Schuhe mitabgeben, dann liefen wir zum Auto, ohne dass wir von Ludger und Dietmar erfahren hätten, dass Fortuna gegen Bremen 2:2 gespielt und mein Club 0:4 bei den Bayern verloren hatte. Bei „Against All Odds“ fuhren wir los, in den dunklen Abend hinein. Und wir wunderten uns, dass Fußballfans offenbar weder Phil Collins noch Genesis leiden konnten.

Saisonfinale

Überfall und Raumgewinn

Je weiter die Saison voranschritt, desto schlechter wurde die Stimmung bei uns. Wir vier waren inzwischen in eine Art Lauerstellung geraten. Jeder war unter der Woche mit seinem Kampf beschäftigt, und niemand wollte sich an den Spieltagen aus der Deckung wagen. Sven zog sich immer mehr zurück und wurde unberechenbarer, Ralf immer ausgeglichener, Karl merkwürdiger – und ich immer reizbarer. Die Samstage verbrachten wir wieder draußen, was einige Liegestütze mit sich brachte.

Der grassierende Fußball-Hype machte uns ganz schön zu schaffen. Dortmund und die leidigen Bayern gewannen in der Champions League ein Spiel nach dem anderen, und jede Talkshow im Fernsehen, jede Morningshow im Radio hatte nur ein Thema: Fußball. Waren wir früher die Außenseiter, hätten wir jetzt die Pioniere sein können. Doch angesichts der Umstände konnten wir uns allenfalls wie Veteranen fühlen und mussten bei jedem zweiten Frühstück zu Boden gehen, wenn wir das Radio nicht rechtzeitig ausmachten.

Wenn unter der Woche Champions League lief, konnte man sich dem nicht entziehen. Meine Wände waren viel zu dünn: Ab dem Viertelfinale entpuppte sich mein vorwitziger Nachbar unter mir als glühender Dortmund-Fan, und aus Dani Schahins Bude dröhnten ohnehin permanent die Kommentatoren der Playstation. So beschlossen wir, die Treffen zu besonderen Anlässen auch unter der Woche abzuhalten. Die

Kneipe war dann allerdings tabu, denn die machte längst mit bei diesem Wahnsinn.

An einem Samstag vor einem Halbfinalspiel in der Champions League beratschlagten wir, wie wir dem Trubel aus dem Weg gehen könnten. Ralf schlug Theater vor, Sven Kino, aber ich fürchtete eine Public-Viewing-Attacke aus einem Nebensaal. Eine Nachtwanderung wiederum fand Sven furchtbar kindisch. Schade eigentlich. Und so fuhren wir letztlich zur Sternwarte nach Hochdahl. Das machten sonst nur Kinder, Verliebte oder Rentner, aber wir mussten eben zu extremen Mitteln greifen. So weit konnte man ja gar nicht fahren, dass man in diesen Tagen seine Ruhe hatte vor diesen Fußballbekloppten – so musste man sie wohl nennen.

Wir fuhren mit Ralfs Auto, das dieses Mal seltsam gepflegt war. Die Sternwarte lag sinnigerweise am Sternwartenweg in Hochdahl. Im Observatorium herrschte absolute Ruhe. Es gab an diesem Abend kein Programm, und auch die ganzen Astro-Klugscheißer hatten sich offenbar alle vor dem Fernseher verkrochen, wie Sven anmerkte. „Vermutlich spielen sie dabei das gleiche Ich-sehe-was-was-du-nicht-siehst-Spielchen wie bei der Ansicht der Sternbilder. Guck mal hier: alles frei, da eine Lücke …“

Ich guckte in den Himmel und verstand jetzt erst, was Sven meinte: Der Himmel sah chaotisch aus, aber furchtbar bedeutsam – wie eine Taktiktafel von Jürgen Klinsmann. Ich drehte mich schnell weg, aber Sven klopfte mir auf die Schulter. „Du kannst wieder hingucken“, sagte Sven, „das ist keine Mittelfeldraute. Das ist der Große Wagen.“

In dem Moment erinnerte ich mich, was Dani Schahin mir nach vier Stunden Playstation erzählt hatte: über große Wagen, aber auch über Mittelfeldrauten und Außenstürmer. Vielleicht war das hier ein Zeichen, dass das mit dem Trainerschein Teufelszeug war, bis zur A-Trainerlizenz war es sowieso ein langer Weg. Vielleicht sollte ich mich stattdessen lieber intensiver mit Astronomie beschäftigen oder mit Astrologie, was jetzt was war, konnte ich mir nie merken. War auf jeden Fall beides ähnlich geheimnisvoll und bedeutsam wie der Fußball – zumindest geheimnisvoller als Badminton.

Zwei Wochen vor dem letzten Bundesligaspieltag machten wir einen Ausflug ins Ruhrgebiet. Ich befürchtete Schlimmstes: Bochum, Essen, Gelsenkirchen, Dortmund, die Autobahnschilder lasen sich wie die ewige Bundesligatabelle. Ein Verein nach dem anderen, eine Stadt fußballbegeisterter als die andere. Fußball-Heartland. Karl stöhnte: „Sodom und Goretzka."

Ich war froh, dass wir nur bis Oberhausen fuhren, da hatten wir fußballtechnisch nicht allzu viel zu befürchten. Wir steuerten ein vermeintliches Highlight der sogenannten Ruhr-Kultur an: den Gasometer. Der war 1988 stillgelegt worden und sollte nun ein Industriedenkmal sein, sah aber eher aus wie eine 120 Meter hohe, braun-graue Coladose. Karl hatte uns vor Bildern aus Gelsenkirchen gewarnt, die dort ausgestellt seien. Fotografien von Schornsteinen, Baracken, kleinen Häusern, Fotoaufnahmen aus der Zeit, als Schalke das letzte Mal Deutscher Meister geworden war. Stattdessen hatte der Künstler Christo den ganzen Gasometer mit einer Skulptur ausgefüllt.

Während Sven die ganze Zeit über diesen Street-Art-Künstler Achim aus Oberkassel meckerte, fuhren wir mit dem Panoramaaufzug hoch hinaus. Wir blickten auf das Ruhrgebiet, wunderten uns über das viele Grün und suchten heimlich nach Flutlichtmasten und ein bisschen Orientierung. Wir sahen das Niederrheinstadion von Oberhausen, die Arena von Duisburg, und Sven fürchtete schon, dass der Gesang der Tribüne oder das Knarzen des Stadionsprechers herüberwehen könnte. Aber Sven hatte ja keine Ahnung von unterklassigem

Fußball: Duisburg spielte erst am nächsten Tag gegen St. Pauli und Rot-Weiß Oberhausen beim VfB Hüls, die armen Hunde.

Wir redeten über das Leben im Ruhrgebiet, vor allem das abseits des Fußballs, das doch möglich sein musste, über Städte und Kultur, über die Flüsse, die Seen und die Wälder, die wir von dort oben sahen. Karl sagte, seinem Herzen würde es vermutlich gut tun, wenn er mal in ein bisschen grünere Gefilde zöge. Im Ruhrgebiet könnte er vermutlich auch am leichtesten Distanz zur Fortuna aufbauen. Ich sagte, das sei ein Pakt mit dem Teufel, den er niemals eingehen dürfe.

Nach 20 Minuten beschlossen wir, wieder zu fahren, so viel war dort nun auch nicht zu sehen. Vor allem aber wollten wir auf dem Rückweg nicht in einen Stau geraten. Ein Stau von Fußballfans im Ruhrgebiet war wie ein Sonntagsspaziergang über einen Drogenstrich. Wir stiegen ins Auto, wie immer ließen wir das Radio aus, Ralf legte Phil Collins ein, und wir dachten schon, wir könnten der Höhle der Fußballlöwen schadlos entkommen, dem Ruhrgebiet.

Leider hatten wir Ralf am Steuer, der sich tief im Westen überhaupt nicht auskannte. Wir störten uns erst nicht daran, dass er die falsche Autobahnauffahrt nahm, auch das blauweiße Autobahnschild „Schalke" nahmen wir gelassen hin, bis „Another Day In Paradise" aus den Boxen tönte, Ralf die Musik leiser drehte und sagte: „Sorry, Leute, wir müssen tanken."

Ich guckte auf mein Handy, doch das zeigte auf der A42 nichts an. Und Schalke-Nord kam näher.

„Wo? Wo? Wo?", schrie Karl von hinten.

„Zieh durch", sagte ich, „notfalls schieben wir. Da kann kommen, was wolle, in Schalke fahren wir nicht runter."

„Auf Schalke", sagte Ralf.

„Klappe", sagte Sven.

Wir waren jetzt alle extrem dünnhäutig.

Karl hatte eine Idee: Herne. Das war fußballfrei, und so viel Sprit hatten wir sicher noch. „In fünf Minuten ist Anstoß, und ich bin hier am Arsch der Welt", sagte Sven plötzlich. Ich zuckte zusammen, doch Sven hob nur die Schultern. „Das war ein Filmzitat, *Theo gegen den Rest der Welt*, da gurkt Marius Müller-Westernhagen durch Europa, während Westfalia Herne gegen Schalke spielt."

In Herne fuhren wir langsam von der Autobahn runter. Es war halb sechs, die kritische Zeit. Zu allem Überfluss spielte abends noch der BVB gegen Bayern, auch wenn es längst um nichts mehr ging. Wir hofften, dass Herne in Schalker Hand war, denn die Knappen hatten bereits am Abend zuvor gespielt. Über Herne wussten wir ansonsten nicht mehr als Svens Filmzitat.

Rechts erschien eine Aral, königsblau, wenn man so will, aber Farben waren jetzt egal. Es war der drittletzte Spieltag, wir hatten bislang so viel gemeistert, so viel geschafft. Und natürlich hätten wir uns ergeben können, da die Spiele ja schon vorbei waren. Aber wir waren ja irgendwie immer noch im Krieg und nun in eine schwierige Gefechtslage geraten. Ausgerechnet in Herne. Wir mussten tanken, Sven wollte unbedingt eine rauchen, und meine Blase drückte.

„Wir gegen den Rest der Welt", sagte Sven, als wir auf die Tankstelle zufuhren.

„Against all odds", sagte Ralf. Mit einer Seelenruhe ging er hinaus, öffnete den Tankdeckel, setzte den Schlauch an und winkte uns raus. „Die Luft ist rein, Kameraden", sagte er.

Ich rannte aufs Klo. Sven ging hinters Kassenhäuschen. Um eine zu rauchen, sagte er. Nur Karl blieb im Auto. Kurzum: Wir boten jede Menge Angriffsfläche. Als ich wieder zurückkam, waren Ralf und Sven nicht zu sehen, und ich wunderte mich über Karl, der im Auto saß und von innen gegen die Scheiben hämmerte, die Knöpfe hatte er runtergedrückt. Dann erst sah ich die drei Männer mit Bochum-Kutten und Neururer-Schnauzbart, die gerade in das Tankstellenhäuschen hineinliefen. Bochum, verdammt, damit konnte niemand rechnen.

Ich sah von draußen Ralf an der Kasse stehen. Der war verloren. Für einen Moment dachte ich daran, ihn aufzugeben, dort zurückzulassen, ein Opfer zu bringen. Wir durften einfach nicht die Ergebnisse erfahren, nicht das des Bochum-Spiels und auch kein anderes. Vielleicht würden wir uns prügeln müssen? Gegen die drei Bochumer hätten wir eine Chance, schließlich hatten wir Ralf, der würde die drei wohl alleine verfuttern. Aber da sah ich, wie Sven um die Ecke bog, mit dem Blick des Teufels in den Augen. Während die Bochumer Ralf immer näherkamen, stürmte Sven in das Tankstellenhäuschen und schrie: „Stopp, stopp, stopp! Alle auf den Boden! Das ist ein Überfall!"

Die drei Bochumer zuckten zusammen, als sei Peter Neururer höchstpersönlich erschienen, und schmissen sich auf den Boden. Auch Ralf war in die Knie gegangen, er hob die Hände und tat so, als würde er Sven nicht kennen. Ich wiederum ging in den Kassenraum und nickte Sven zu. „Wir sind die NWF-Fraktion!", brüllte Sven, „und wir sind nicht zum Spaß hier. Wir bekämpfen den Fußball."

„Ist doch nur ein Spiel", sagte der Mann hinter der Kasse leise, aber unüberhörbar. Ich ging langsam auf ihn zu und rief, er solle die Kamera ausmachen, so wie einst Mario Basler auf Schalke einen Kameramann anbrüllte. „Das ist nicht nur ein Spiel, Sie Vollarsch! Das ist ja das Problem."

Die Bochumer Jungs guckten sich irritiert an, Ralf zuckte mit den Schultern – der Verräter! Sven rannte mit dem Kanister zu den Magazinregalen und kippte ihn über der Reihe mit dem Donnerstag-*Kicker* aus. Ich fand das irgendwie gemein, den Donnerstag-*Kicker* hatte ich immer gemocht.

„Jetzt hört mal zu, Bürschchen“, sagte er zu den Bochumern, „ich zünde die ganze Bude hier an, wenn ihr nicht auf der Stelle sagt, dass Peter Neururer ein Schwachkopf ist.“ Einer der drei zitterte, einer kniff die Augen zusammen, der dritte wimmerte: „Das kann ich nicht.“

Sven ging weiter und machte die *Sport-Bild* nass. Dann ging er zu Ralf, der immer noch niederkniete. „Und Sie, Sie sind doch bestimmt CDU-Wähler, oder?“

„Ich habe noch nie gewählt“, sagte Ralf. „Wirklich: Ich versprech's.“ Sven beugte sich hinunter zu Ralf und sagte: „Mitkommen.“ Dann packte er ihn am Nacken und zog ihn raus. Ich legte noch 100 Euro auf die Theke, sagte „Sorry!“ und deutete einen Vogel in Richtung Sven an. Als wir rausrannten, hörte ich noch, wie einer der Bochumer sagte: „Puh, das war knapp. Das hätte ich nicht sagen können.“

Wir liefen zum Auto, in dem der verängstigte Karl saß. Zumindest die Türen hätte er uns schon mal aufmachen können. Ralf stieg aufs Gas wie seit längst vergangenen Hooligan-Zeiten nicht mehr, und wir bretterten davon.

„Mein liebes Herz“, sagte Karl leise.

Und ich schrie: „Bist du denn komplett verrückt geworden?“

„Das war doch nur Wasser!“, brüllte Sven zurück, „und außerdem: Das sagt der Richtige. Du warst doch bei der verdammten Bundeswehr. Wie konnten wir in so einen Hinterhalt geraten? Das war Notwehr!“

„Und was hat Ralf dir getan?“, fragte Karl, aber Sven beteuerte, er habe ihn nur so grob behandelt, um ihn nicht verdächtig zu machen. Ralf war trotzdem stinksauer. „Das war auf jeden Fall eine Nummer zu viel. Da sind überall Kameras.“ Und dann rutschte ihm heraus: „Und demnächst ist Landesparteitag!“

Bis aufs Blut

In der Woche vor dem vorletzten Spieltag liefen bei uns die Planungen heiß. Nach der Aktion im Ruhrgebiet hatte Ralf uns am Hauptbahnhof rausgeworfen, nachdem er die ganze Fahrt nichts mehr gesagt hatte. Nun mailten wir hin und her, wie die Pläne fürs nächste Treffen aussehen würden, das unser letztes sein sollte.

Fortuna spielte zu Hause gegen Nürnberg, Karl gegen mich. Darüber verloren wir kein Wort, auch wenn wir es beide wussten. Und wir wussten, um wie viel es gehen würde an diesem vorletzten Spieltag – für die Fortuna, für Bremen, aber auch für jeden von uns. An diesem vorletzten Spieltag wollten wir uns bekennen. Hose runter, wer hat's gepackt, wer nicht? Wir vereinbarten, zum Aquazoo zu fahren, obwohl der nur zwei Haltestellen vom Stadion entfernt ist. Karl schrieb noch etwas von Tierschutz. Nach dem Zoobesuch wollten wir noch in den Park, der dahinter lag. Dort sollte dann jeder mitteilen, ob er weiter ohne Fußball leben wollte, und anschließend für den letzten Spieltag eine große Aktion vorschlagen.

Die Idee mit der Abschlussfahrt hatte sich dagegen erledigt. Dabei hatte ich schon im Internet geguckt, was es kosten würde, ein T-Shirt mit „Malle-Diven" bedrucken zu lassen. Ralf hatte Angst vor urlaubenden Kreisligamannschaften, außerdem war ihm das ganze Prinzip einer Trinkreise auf einmal zu prollig, Karl machte sich Sorgen um seinen CO_2-Fußabdruck – und Sven wollte auf Personenkontrollen für längere Zeit verzichten. Ansonsten tauchte Sven weitgehend ab. Karl meinte schon, wir sollten mal bei ihm vorbeischauen, aber Ralf wiegelte schnell ab, das sei momentan überhaupt keine gute Idee.

Ich machte mir große Sorgen, nicht nur um Sven, eine Strafverfolgung und mein Führungszeugnis. Das ganze Projekt stand total auf der Kippe. Ralf und Sven hatten sich diametral auseinanderbewegt, während Karl immer esoterischer wurde. Weiß Gott, wo das hinführen würde. Vor allem aber befürchtete ich, dass es die drei besser gepackt hatten als ich.

Am Freitag vor dem vorletzten Spieltag – ich war gerade von der Arbeit nach Hause gekommen, hatte meinen Anzug aufgehängt und Badewasser einlaufen lassen – klingelte es an der Tür. Es klingelte nie an meiner Tür, zumindest nicht, wenn ich da war. Warum ausgerechnet an diesem Tag? War es Dani Schahin? Oder vielleicht doch Silke? Oder einer von den Jungs, der mir sein Scheitern gestehen wollte? Ich drückte wortlos den Summer und wartete in der Wohnungstür, wer denn da heraufkommen würde.

„Dani!", hörte ich.

Ich erkannte ihn von oben an der Halbglatze: meinen Vater, der meine Mutter im Schlepptau hatte. Verdammt. Was wollten die denn jetzt?

„Verdammt, was wollt ihr denn?", rutschte es mir dann auch heraus, und das war natürlich nicht so nett.

„Wie sehen denn deine Haare aus?", fragte meine Mutter.

„Timmy Simons", sagte ich, und mein Vater grinste und strich mir mit seiner Hand über den Kopf.

„Wir haben uns Sorgen gemacht!", sagte mein Vater. „Du meldest dich gar nicht mehr. Und ausgerechnet jetzt am Saisonende …"

„Jetzt kommt doch erst einmal rein", sagte ich nur und ließ die beiden in die Wohnung. Dann gingen wir zum Griechen um die Ecke. Sie erzählten mir, dass sie mal einen Überraschungsbesuch machen wollten, weil ich sie nie einladen würde. Meine Mutter freute sich auf eine Einkaufstour in Düsseldorf. Und dann legte mein Vater zwei Karten auf den Tisch. Fortuna Düsseldorf gegen 1. FC Nürnberg. Am nächsten Tag, halb vier.

Verdammt, dachte ich. „Ich kann nicht."

Meine Eltern guckten mich still an.

Ich versuchte, die Situation zu retten. „Ich muss in den Aquazoo."

Meine Mutter schaute mich mit großen Augen an. „Wie heißt sie denn?"

„Sven", sagte ich. „Ich meine Svenja."

Mein Vater schnaufte einmal durch. „Und wie lange kennt ihr euch schon?"

„Ach, schon seit dem ersten Spieltag, ich meine: seit dem Sommer." Ich erzählte von unseren Ausflügen, von der Fahrradtour, von dem Drachensteigen.

Meine Mutter strahlte. „Siehst du, Dani, so viel hat dein Vater in 30 Jahren Ehe noch nicht mit mir unternommen." Mein Vater verzog sein Gesicht und guckte mich abschätzig an.

Ich erzählte, dass Svenja auch mal Fußballfan gewesen sei, inzwischen aber Fußball nicht mehr so möge.

„Pah, so können nur Frauen denken", sagte mein Vater.

„Vielmehr: Sie hasst Fußball", sagte ich. „Wenn ich ins Stadion gehen würde, stünde ich ganz schnell wieder alleine da."

Meine Mutter strahlte noch mehr, mein Vater schaute einfach nur still auf seinen Teller. Und ich wusste, dass ich dringend mal mit jemandem reden musste.

Abends, meine Eltern hatte ich ins Bett gebracht, rief ich Sven an. Neuerdings ging er nicht mehr direkt ans Telefon, sondern rief stattdessen zurück. „Ist deine Leitung sicher?", fragte er als Erstes.

Er lag gerade in der Badewanne. Ich fragte ihn, ob er jetzt noch Zeit für ein Bier hätte. Ich müsste dringend reden. Wir verabredeten uns für halb elf an den Rheintreppen in der Altstadt. So spät hatte ich mich noch nie verabredet. Aber das hier war jetzt wichtig.

Sven bekam es mit der Angst zu tun: Vielleicht würde ich ihn zur Rede stellen wegen der NWF-Kiste, vielleicht auch wegen Silke, oder es lief schon das nächste Ding: Nie wieder Arbeit! Nie wieder Sex! Nie wieder Uni?

Ich kaufte uns am Kiosk, den die Rheinländer Büdchen nennen, vier Bier und setzte mich auf die Stufen mit dem Blick auf den Rhein. „Setz dich", sagte ich, als Sven kam, und gab ihm ein Bier und meine Hand. Sven griff vorsichtig zu, ganz gesittet, nicht wie im Stadion. Sven nahm links von mir Platz und schaute sich misstrauisch um. Es war ein warmer Sommerabend, wir blickten auf die Uferpromenade vor uns, auf die andere Rheinseite, die Rheinwiesen, wo wir bereits gepicknickt hatten, und links auf den Fernsehturm, auf dem wir auch mal waren.

„Weißt du noch, Sven, der Fernsehturm?"

„Klar, da wolltest du nicht mit uns hin, weil im Aufzug Leute über Fußball reden könnten. Deinetwegen sind wir zu Fuß die Treppen rauf. Der Karl war ganz schön im Eimer."

„Bescheuert, nicht wahr?"

„Na ja, konsequent, würde ich sagen", meinte Sven. „Letztlich hat ja alles geklappt. Wir haben den Fußball besiegt."

„Geklappt, na ja", sagte ich und setzte zu einem großen Schluck an. „Ich habe auf jeden Fall etwas gelernt: Das Problem war nicht der Fußball."

„Sondern?"

„Ich. Nur ich."

„Wie bitte?"

„Ja, das habe ich beim Badminton gelernt. Ich darf nicht den Sport verurteilen, nur weil ich selbst nichts gebacken bekomme. Man muss auch mal verlieren können."

„Daniel, was ist denn das für ein Psychogefasel? Ich sag dir jetzt mal eines: Du bist im Badminton eine Niete. Und, na ja, der Club ist jetzt auch nicht gerade der Verein, den ein Psychotherapeut einem Patienten ans Herz legen würde. Aber du bist ein prima Kerl. Du darfst dich nicht kleinmachen lassen. Du musst dich auf das konzentrieren, wovon du wirklich etwas verstehst. Jeder Mensch hat ein Talent."

Ich sagte: „Selber Psychogefasel." Dann guckten wir stumm geradeaus, ich dachte an Silke, an Astronomie, alles Dinge, von denen ich keine Ahnung hatte.

„Trainerschein", sagte ich ganz leise und guckte rüber zu Sven, aber der hatte das wohl nicht gehört. Zum Glück. Der Typ war gefährlich.

„Bekommst du kalte Füße?", fragte Sven und flüsterte: „Ist es wegen der NWF-Fraktion?"

„Ach was", sagte ich, „das Thema war doch irgendwie ganz witzig. Wobei: Bei der Reifennummer habe ich vielleicht etwas überreagiert."

„Reifennummer?"

Sven hatte keine Ahnung, und ich erzählte ihm die Schahin-Geschichte.

„Geil!", sagte er.

„Ach was", sagte ich. „Das war doch total bescheuert. Der Typ ist echt in Ordnung. Der hat mir gestern sogar zwei Karten für Fortuna gegen Nürnberg in den Briefkasten geworfen."

„Wie bitte? Willst du mich jetzt etwa fragen, ob ich morgen mit dir …?"

„Nein, nein", sagte ich, „der Schahin hatte extra draufgeschrieben, dass ich Lederspacko zu Hause lassen soll."

„Lederspacko?"

„Ja, so nennt dich die halbe Liga, falls es dich interessiert. Weil du immer so grimmig beim Training aufkreuzt. Ich meine, Training ist doch so oder so tabu. Das hast du jetzt davon!"

Sven atmete kräftig durch. Das war nicht unbedingt die Geschichte, die man über sich hören will. Vom gefürchteten Terroristen war nur noch ein Lederspacko übrig geblieben.

„Willst du denn echt gehen?", fragte Sven ganz vorsichtig.

„Um Gottes willen, nein. Ich habe die Karten natürlich sofort weggeworfen. Aber als heute meine Eltern kamen und mir zwei Karten hinlegten, wurde mir klar, was für ein engstirniges Arschloch ich doch bin. Zumindest meine Eltern hätten die Karten gut gebrauchen können. Die hätten sich keine extra kaufen müssen. Ich meine, wenn die wüssten: diese Gruppe, das Reifenzerstechen, überhaupt dieser ganze NWF-Bullshit."

„Ach, Daniel, das ist doch vorbei."

„Ernsthaft? Ich meine, das hattest du schon mal versprochen. Und dann kam diese Aktion mit der Tankstelle. Hast du denn nicht diese Fahndungsbilder in den Tankstellen gesehen?" Sven schwieg und guckte wieder auf den Fernsehturm.

„Lass uns gehen", sagte er.

Wir liefen über den Burgplatz in die Kurze Straße, wo sich an diesem Sommerabend Hunderte junge Menschen drängten. Eine enge Kneipe lag hier an der anderen: Saufläden, Cocktailbars und kleine Kaschemmen. Die Nacht war jetzt duster, aber es war immer noch T-Shirt-Wetter. Wir gingen ins *Engelchen*, ein kleiner Laden, und was wir beide nicht wissen konnten: die Heimat einiger Fortuna-Fans. Hinter der langen Theke, aus der die Kneipe im Wesentlichen bestand, sahen wir gleich beim Hineingehen ein Poster, auf dem ein Fortuna-Spieler den Pokal in den Händen hielt. Es war Wolfgang Seel im Jahr 1979. Wir hatten es beide gesehen, sagten aber nichts, schnappten uns jeder einen Hocker, hoben zwei Finger und bekamen vier Altbier. Aus den Boxen dröhnte „Bayern" von den Toten Hosen. „Sei's drum“, sagte ich großzügig, als Sven mich nach den ersten Tönen hektisch anguckte.

Es konnte ein guter Abend werden, um sich mal wieder zu betrinken. Wir stießen an und schauten in unsere Spiegelbilder hinter der Theke. Ich erzählte Sven, dass ich meinen Eltern für das Spiel am nächsten Tag abgesagt hatte, weil ich ein Date mit meiner Freundin hätte: mit Svenja.

Sven riss seine Augen auf. „Und was genau willst du mir jetzt heute Abend mitteilen? Soll ich mich morgen mal ein bisschen schminken und abends bei euch zum Essen vorbeikommen, oder was?“

Ich dachte einen Moment nach. Sven war zwar ein Macho, aber äußerlich ein androgyner Typ.

„Daniel, du musst dich einfach entscheiden. Und zwar heute! Du kannst deinen Eltern nicht ewig was vormachen und dir schon mal gar nicht.“

„Ich habe mich schon entschieden: Ich muss hier weg“, sagte ich. Die Musik war laut, und Sven zuckte fragend mit den Schultern.

Ich beugte mich zu ihm rüber und brüllte ihm ins Ohr: „Ich muss zurück nach Nürnberg.“

Sven nickte. „Warum: Job, Frau oder wegen der Eltern?“

Ich schwieg.

„Aber doch nicht etwa wegen dem Club?“

Ich schwieg weiter. Im Hintergrund lief „Friday I'm In Love“ von The Cure.

Sven holte sich eine Zigarette aus der Jeans, reichte die Packung rüber, und ich nahm eine. Es war erst die zweite in meinem Leben. Wir zogen still an unseren Zigaretten und bliesen den Rauch langsam über die Theke hinweg. Die Kellnerin stellte zwei neue Bier hin. Ich leerte das Glas in einem Rutsch, und Sven hob schon mal die Hand für zwei weitere. Nach dem zehnten Bier wurde Sven langsam unruhig.

Ich kniff die Augen zusammen und trank noch einen Schluck. „Sven, mein Freund …“, sagte ich. Denn egal, was jetzt kam, es würde ihm gut tun, dass ich ihn einen Freund nannte.

„… ich hab es nicht geschafft.“

„Was heißt das?“

„Das heißt, ich kann es nicht lassen, Sven. Ich werde wieder hingehen. Der Club gehört einfach zu mir, das ist mein Leben. Wenn auch nicht alles in meinem Leben – das habe ich jetzt wenigstens gelernt. Aber wenn ich zurückgehe nach Franken, um dort zu leben, sag mir einen Grund, warum ich auf Fußball verzichten sollte!“

„Einen Grund?“, fragte Sven, der sich etwas für blöd verkauft fühlte. Er drehte sich weg, schaute durch die Menge, die sich um uns herum drängelte. Immer mehr Leute waren von draußen hereingekommen, sie sangen ein Punklied, das Fortuna Düsseldorf gewidmet war, der Refrain lautete: „Hier kommt Fortuna Düsseldorf, der Soundtrack zum Comeback, zur besseren Zeit. Hier kommt Fortuna Düsseldorf, ihr werdet sehen, wir sind bereit.“ Ja, warum?, dachte sich Sven und nippte an seinem Bier. Das hier war Fußball pur, es war wahr und gut und schön.

„Nur einen Grund“, sagte ich leise und legte meinen Arm um Svens Schulter. Doch der war plötzlich auf 180 und stieß mich weg. „Verpiss dich!“, rief er, und ich fiel fast vom Barhocker. „Du machst hier die Welle, eine Saison lang, fast ein ganzes Jahr. Du gibst das Tempo vor, bestimmst, wo wir hingehen, worüber wir reden, was wir fernsehen dürfen. Und am letzten Tag, da trinkst du deine zehn Bier und sagst, dass das alles umsonst war. Dass es ohne Fußball nicht geht?“

„Das habe ich nicht gesagt. Ich denke nur: eine Familie, ein Haus mit Garage, in dem das eigene Auto steht. Und am Samstag fährt man ins Stadion – das kleine deutsche Glück, das kann doch nicht so schwer sein. Mehr will ich doch gar nicht.“

„Scheißdeutschland", sagte Sven.

Ich merkte, dass ich ganz schön angezählt war vom Alkohol, außerdem hatte ich jetzt ein bisschen Bammel, der Typ war unberechenbar. „Ich habe nicht gesagt, dass es ohne Fußball nicht geht. Ich habe nur für mich entschieden, dass ich darauf nicht verzichten muss. Und du kannst mir offenbar nicht einmal sagen, warum ich das sollte. Ich dachte, du bist jetzt ein Intellektueller!"

„Wichser!", rief Sven und schubste mich – nicht fest, aber es reichte, dass ich vom Hocker fiel und auf dem Boden landete. Ich blieb liegen und sah, wie jetzt ein Typ Sven von hinten packte. Der hatte viele Haare, aber keine Frisur und dazu noch ein Piercing in der Augenbraue. Dann ging auch Sven zu Boden, er landete direkt neben mir, und ich war fast ein wenig erleichtert.

„Nur einen Grund", flüsterte ich ihm wieder zu. Sven stieß mir mit dem Ellbogen leicht in die Rippen, und wir lachten. Für ein paar wunderschöne Momente blieben wir dort unten auf dem Boden sitzen, wie zwei Boxer, die zusammen zu Boden gegangen waren und beide keine Lust hatten, weiterzukämpfen. Sven merkte, dass sein Finger etwas blutete, weil er in eine Scherbe gefallen war. Ich reichte ihm ein Taschentuch, das ich immer bei mir trug.

„Es tut mir leid", sagte ich.

„Nein, Daniel, mir tut das leid."

Der Typ mit dem Piercing blickte auf uns herab. Er hatte drei Bier in der Hand, zwei reichte er uns runter. Doch wir standen lieber auf. „Im *Engelchen* prügelt man sich nicht", sagte der Mann, „wir trinken nur."

Sven war ganz froh über diese Losung. Auch wenn Sven immer mal wieder gern provozierte, geprügelt hatte er sich noch nie. Und als wir einmal gemeinsam im Fitnessstudio waren, spielte er gewichtemäßig in einer Liga mit mir.

„Seid ihr Glubberer?“, fragte der Typ plötzlich.

„Nein“, sagte Sven. Und ich schwieg.

Wir stießen zu dritt an. Der Typ war auf einmal ganz sympathisch. Ein Fortuna-Fan, der wilde Geschichten von Auswärtsfahrten erzählen konnte, aus Freialdenhoven, Saarbrücken, Dortmund und sonst wo. „Und ihr seid gar keine Fußballfans, oder was?“

„Ich bin Glubberer“, sagte ich stolz. Sven kam sich auf einmal ganz alleine vor. Er murmelte etwas von Auszeit.

„Das ist lustig: Ein Kumpel von mir nimmt sich auch gerade eine Auszeit vom Fußball. Pommes …“

Ich schaltete als Erster: „Wie bitte, Pommes? Du meinst doch nicht etwa Karl?“

„Doch, ihr kennt den?“

„Wir sind die Auszeit“, sagte Sven. Dem Typ rutschte vor Schreck das Bier aus den Händen, zu dritt traten wir die Scherben klein.

Karls Freund nannte sich Schnalle. Sven war auf einmal elektrisiert. „Der Schnalle, der beim Aufstieg in Chemnitz bei jeder Raststätte zur Telefonzelle gerannt ist, weil er dachte, er wäre Vater geworden? Der Schnalle, der beim ersten Spieltag Neil Armstrong im Stadion gesehen hat? Der Karl hat bei unseren Ausflügen viel von dir erzählt!“

Schnalle war total verdutzt und schüttelte den Kopf. „Was für Ausflüge? Ich dachte, der trifft sich immer mit seiner Yogalehrerin, dieser Shilpa.“

Schnalle erzählte, dass Karls Herz besser geworden sei, seit er sich mit dieser Shilpa treffe. Dafür würde er sich in letzter Zeit merkwürdig benehmen. „Grundsätzlich verstehe ich das ja alles“, sagte er. „Aber letztens habe ich den beim Trödelmarkt in Holthausen gesehen. Da verkaufte der so Dritte-Welt-Sachen.“

Mir wurde einiges klar: die Sache mit der Kirche, dieser Helm beim Inlineskaten. Karl war auf seiner Sinnsuche irgendwo zwischen katholischer Kirche, Yoga und Gesundheitswahn hängengeblieben. Womöglich wollte Karl deswegen auch nicht in den Zoo gehen. Tierschutz und der ganze Rattenschwanz, der da dranhing.

„Wisst ihr, er kann ja machen, was er will. Aber früher, wenn ich an die Geschichte mit der Pommes denke, als er …"

„Lass mal gut sein, wir kennen die Storys", sagte Sven, und ich fand das schade, denn, ehrlich gesagt, hätte mich das dann doch mal interessiert. Ich war heimlich ganz froh über die Nummer mit Karl. Zumindest einer, der auch noch mal rückfällig werden würde – wenn er erstmal seine Yoga- und Schäferstündchen überstanden hatte. Vielleicht ja sogar schon am nächsten Tag beim Spiel seiner Fortuna gegen meinen Club.

Nach der Siebenminutenversion von „Fear of the Dark" gingen Sven und ich weiter. Schnalle blieb an der Theke, er wollte noch etwas für Ruhe sorgen. Er merkte vielleicht auch, dass wir noch etwas zu besprechen hatten.

„Grüß mir Racho", sagte ich zu Schnalle zum Abschied. Dann schlugen wir ein wie im Stadion und klopften uns dreimal auf die Schulter, Männerklopfen. Sven und ich gingen weiter in die *Pinte* und hockten uns an die Theke. Dunkle Wände, dunkles Holz, viele Menschen, Rockmusik und jede Menge Bier. Wir waren noch längst nicht fertig.

Sven fuchtelte mit seinem Handy herum, er hatte zwei Anrufe in Abwesenheit. Ich konnte „Silke" auf dem Display lesen. „Bist du mir nicht noch eine Erklärung schuldig?", fragte ich.

Sven kam sichtlich ins Grübeln, aber für Ausflüchte war er jetzt zu betrunken. „Was willst du hören? Dass ich Silke auf dem Kickertisch gevögelt habe?"

Ich riss die Augen auf. „Verdammt. Das ist Verrat an der Kneipe und an der Gruppe! Ich meine: Kickertisch!"

„Hey, ganz ehrlich: Ich habe nichts gemacht. Als ich das T-Shirt gesehen habe, habe ich's sofort kapiert und abgebrochen. Dir zuliebe und auch der Gruppe. Keine Ahnung, was die heute Abend hat. Hat mir eine SMS geschrieben, wir müssten dringend reden – wegen morgen. Aber jetzt ist es eh schon spät."

„Von Silke will ich gar nichts", sagte ich, „ich habe ihr das T-Shirt nur so geschenkt. Ich habe schon geschnallt, dass es da zwischen euch gefunkt hat. Mach mit der, was du willst. Du bist mir aber noch etwas anderes schuldig: einen Grund, warum ich weitermachen soll. Doch nicht deine kleine Terrorgruppe?"

„Ich habe doch gesagt: Die NWF-Aktion ist vorbei, zumindest, wenn sie uns nicht irgendwie finden. Das musste ich Silke versprechen …"

„Und warum gehst du dann nicht mehr ans Telefon? Du führst dich auf wie ein Fußball-Mudschaheddin!"

„Ich glaube, das liegt auch eher an Silke. Ich meine, was soll ich denn sagen, wo ich bin? Mit Silke in der Badewanne? Oder auf dem Kickertisch?"

Ich war schon etwas erleichtert. Einen Grund war er mir aber immer noch schuldig. Sven versuchte, nachzudenken, aber das funktionierte nicht mehr. Die Gedanken verschwanden im süßen Rausch des Altbiers, in der lauten Musik und zwischen den Mädchen, die um uns herum wuselten. Ein kleines Mädchen mit schwarzem Pferdeschwanz lachte neben uns laut. Das war erst Mitte 20, so alt wie Silke, und Sven kam sich ein wenig albern vor. Er war jetzt 40 und stieg immer noch Studentinnen hinterher.

„Es gibt doch noch so viel zu erleben auf diesem Scheißplaneten", sagte Sven schließlich, „einmal mit dem Rucksack die Banane runter: Polen, Slowakei, Ukraine, Rumänien. Man kann heute günstig überall hinreisen. Überleben wirst du fast immer. Die Fußballsaison hält dich doch nur auf."

„Ach, diese ganze Reiserei ist doch etwas für junge Leute", erwiderte ich. „Die meisten Leute, die ich kenne, wollen doch einfach nur nach Hause, aber wissen nicht, wo genau das ist."

Sven guckte mich komisch an. Vielleicht wunderte er sich, was ich plötzlich für Leute kannte oder dass ich überhaupt Leute außerhalb der Gruppe kannte. „Fußball macht mich aber abhängig", sagte er. „Und ich will unabhängig sein."

„Von was denn, Sven? Ein Leben ohne Fußball ist doch wie Urlaub von dir selbst. Das geht nicht. Das kann nur Arnold Schwarzenegger."

Sven blieb hartnäckig. „Ich brauche den Fußball nicht. Und ich will ihn nicht mehr. Er macht mich unglücklich. Sag du mir doch nur einen Grund, warum ich auf Fußball nicht verzichten soll!"

„Flutlicht", sagte ich. „Das haben die in deinen komischen Karpaten sicher nicht. Und Freitagspiele!"

Sven schluckte, jetzt war er angezählt, und ich fuhr fort. „Weil Fußball einfach geil ist, egal, ob Tore fallen oder nicht. Weil das Spiel so unberechenbar ist, weil du nirgendwo sonst so ein Wechselbad der Gefühle erlebst. Weil Fußball dir so etwas von egal sein könnte, es aber nie sein wird."

„Aber, Daniel", meinte Sven, „du kannst nicht nur zwischen Nostalgie und Sehnsucht leben. Das hier ist doch die Realität. Komm doch mal da an."

„Wenn das die Realität ist", sagte ich, „bleibe ich lieber Träumer."

Wir stießen wieder an. Sven öffnete die Runde, indem er dem Mädchen mit den schwarzen Haaren zuprostete, das dankbar lächelte. In diesem Moment dröhnten die Anfangstöne von Roxettes „It Must Have Been Love" aus den Boxen, der Song, der auch damals in der Eishalle gelaufen war. Sven legte einen Arm um mich, einen um das Mädchen. Es war Svens Moment, sein Lied: Werder war seine Liebe gewesen, definitiv, länger, als Sabine es je sein konnte, aber jetzt war es aus. Jetzt musste es vorbei sein.

Er grölte: „From the moment we touched till the time had run out!“ Sven hätte in diesem Moment furchtbar traurig sein können. Aber irgendwie machte er einen zufriedenen Eindruck. Er legte seinen Arm ab und schob mich rüber zu dem Mädchen, das sofort meine Hüfte umgriff. Dann zwinkerte er mir zu: „Wir sehen uns morgen um halb vier. Mach mir keinen Kummer.“ Dann klopfte er mit der Faust auf meine Brust. Als das nächste Lied anklang, machte sich Sven auf den Weg. „Forever Young“ hatte er schon oft genug gehört.

Es hätte tatsächlich mein Abend werden können. Ich schaute das Mädchen an, es lächelte. „Na“, sagte sie zu mir. „Was hast du morgen vor? Sollen wir frühstücken gehen?“ Aber als ich „Ja“ antwortete und sie mich fragte, ob sie mich abholen oder anstupsen sollte, fielen mir meine Eltern ein. „Ich muss morgen mit meinen Eltern in den Zoo“, sagte ich. Sie schaute Sven hinterher. Es war alles wie verhext.

Das Finale

Am nächsten Tag weckte mich dann nicht die Dame aus der Kneipe, sondern lautes Geschirrklappern. Meine Eltern machten Abwasch. Um neun Uhr waren sie schon fit. Sie waren ja auch nicht die ganze Nacht in der Kneipe gewesen, hatten Unmengen Bier getrunken, am Boden gelegen, sich ausgeheult und, nun ja, waren auch nicht auf dem Rückweg in einer Karaoke-Bar gelandet, um dort in einer Kabine „Total Eclipse of the Heart" zu singen. Nein, meine Eltern hatten es irgendwie besser erwischt als ich. Und das war an sich schon keine besonders gute Erkenntnis.

Ich schlich unter die Dusche und entschied, doch mit meinem Vater ins Stadion zu gehen. Ich fühlte mich schlecht, dass ich wegen meines Egotrips daran überhaupt Zweifel hatte aufkommen lassen. Meine Eltern waren immerhin den ganzen weiten Weg hergekommen, um mir eine Freude zu machen. Diese Nummer mit der Freundin glaubten meine Eltern vermutlich selbst nicht. Und außerdem konnte meine Mutter sich dann einen schönen Tag beim Einkaufen machen.

„Dani, Früüüühstück", rief meine Mutter.

Als ich die Küche betrat, kamen mir fast die Tränen. Meine Mutter saß dort mit einem Club-Schal. „Weißt du, Dani, geh du mal lieber mit Svenja in den Zoo. Ich begleite deinen Vater ins Stadion. Lass uns doch heute Abend hier zusammen kochen – zu viert."

Mein Vater saß am Küchentisch und musterte mich von oben bis unten. „Und biste nervös?", fragte er.

„Ich? Wieso?“

Meine Mutter lächelte milde. „Dani, wegen Svenja.“

„Ach so, klar, ein bisschen“, sagte ich.

„Ach was“, sagte mein Vater, „wieso bist du denn nervös wegen einer Frau, die du schon 100-mal getroffen hast? Zum Angeln, auf dem Trödelmarkt …“

„… zum Drachensteigenlassen“, ergänzte ich, und meine Mutter strahlte.

„Ich meinte nervös wegen des Spiels. Ich meine …“

„Ruhe“, unterbrach ich ihn. So sehr ich ins Stadion wollte, so wenig wollte ich darüber reden. Meine Eltern guckten nur komisch. „Ich habe euch doch gesagt: Svenja hat es nicht so mit dem Fußball“, erklärte ich. Meine Mutter guckte an mir vorbei in mein Schlafzimmer und nickte wissend. „Lass sie schlafen. Wir sehen uns dann heute Abend.“

* * *

Ralf hatte sich immer noch nicht entschieden, nicht einmal heimlich. Hertha war längst aufgestiegen, Hertha war zurück, es würde wieder große Spiele geben, aber er wusste nicht, wie er damit umgehen sollte. Ein Rückzieher sähe gerade jetzt besonders blöd aus. Die letzten Nächte hatte er schlecht geträumt, der Druck wuchs, er hatte Angst, sich festlegen zu müssen. Angst vor Sven, vor mir, auch vor Karl, vor allem aber davor, für sich selbst Verantwortung zu übernehmen. Ralf war kein Freund von wichtigen Entscheidungen, bislang war er auch ganz gut ohne klargekommen. Die Liebe zu Hertha hatte ihm sein Vater aufgedrückt, das mit Heike hatte sich irgendwie entwickelt, und die CDU hatte ihn einfach angesprochen. Aber ganz auf Fußball zu verzichten, das war jetzt tatsächlich mal so etwas wie eine Entscheidung.

An diesem vorletzten Spieltag stand Ralf wieder um acht Uhr auf, holte nach dem Duschen Brötchen und frühstückte mit dem Sohnemann, während Heike im Bett liegen blieb. Die Samstage gehörten den Schanzer-Männern, zumindest diese Tradition wollte Ralf fortsetzen. „Papa, willst du eigentlich nie wieder Hertha gucken?", fragte Marcus, während Ralf gerade den Käse aufschnitt.

„Weiß nicht", grummelte der zurück.

„Und Fortuna? Die können sich heute retten, wenn …" Ralf ließ das Messer fallen.

„Fast alle Jungs aus meiner Mannschaft gehen mit ihren Eltern ins Stadion."

„Dann geh du doch mit", sagte Ralf. „Ich kann heute nicht, ich muss in den Aquazoo. Ich muss Robben retten."

„Bist du jetzt bei den Grünen? Weißt du, was Alex aus meiner Mannschaft sagt: Du hast eine Freundin, die du immer triffst. Heißt sie Silke?"

„Silke?" Ralf verstand überhaupt nichts mehr.

„Von der haben diese drei Männer geredet, die letztens bei mir beim Training waren."

Ralf zuckte zusammen, ließ sich aber nichts anmerken, das hatte er schließlich gelernt wie kein Zweiter. „Ach die. Nein, die sind von meiner Doppelkopfrunde. Und Silke ist die Kellnerin."

„Ach, schade, ich dachte schon, das wären Talentscouts."

Ralf gab Marcus Geld und sagte ihm, er solle mit Alex und dessen Vater zu Fortuna gehen. Mit Geld konnte man Menschen immer ruhigstellen, auch kleine Kinder – eines der Dinge, die Ralf in der Politik gelernt hatte. „Heute Abend können wir dann komplett neu verhandeln", sagte er, aber Marcus verstand nicht so recht, was sein Vater meinte.

Was sollte er dem mittlerweile Siebenjährigen auch erklären? Dass Fußball eine Sucht war, die einen nicht mehr loslässt, dass er deshalb höllisch aufpassen müsse? Dass er einen unglücklich und abhängig machen könne, gleichzeitig auch zum glücklichsten Menschen der Welt – zumindest für ein Wochenende? Dass es Momente gab, die so schön waren, so groß? Dass es Liebe war, würde er ihm erst später sagen können. Noch war Marcus nicht verliebt. Aber vielleicht würde es heute passieren, denn Ralf brachte es nicht fertig, dem jungen Glück im Wege zu stehen.

Marcus spielte mit Eller 04 beim TSV Urdenbach, einem Stadtteilverein im Süden Düsseldorfs mit drei Plätzen. Anpfiff war um elf, und Ralf musste die ganze Zeit die Hand gegen die Sonne halten. Er beobachtete still seinen Sohn, der ihn irgendwie an den jungen Thomas Häßler erinnerte. Den hatte Ralf in seiner Jugend auf den Reinickendorfer Fußballplätzen auch mal kennengelernt. Marcus habe „antizipative Fähigkeiten", hatte Marcus' Trainer Guido mal gesagt. Ralf hatte nur fröhlich genickt. Er hatte höchstens eine grobe Vorstellung von antizipativen Fähigkeiten. Vielleicht war sein Sohn ja wirklich intelligent und völlig anders als er selbst, der auf dem Platz immer ein ziemliches Raubein und ansonsten auch eher ein Holzkopf gewesen war.

Der Sohn spielte dagegen sehr fair. Er motivierte die Mitspieler und half dem Gegenspieler auf, wenn er zu Boden ging. Ein guter Junge, dachte Ralf voller Stolz. Eller spielte an diesem Vormittag 3:3, Marcus hatte mal wieder kein Tor gemacht. Er hatte die ganze Saison noch nicht getroffen, dafür aber umso häufiger zu Hause das Jubeln geübt: den Torero, das Beten, die Babyschaukel. Jubeln müsse man nicht üben, das komme von allein, hatte Ralf ihm mal gesagt, aber das hatte Marcus nicht verstanden.

Auf dem Rückweg entnahm Ralf den Gesprächen auf der Rückbank, dass Fortuna einen Sieg brauchte. Das roch verdammt nach einem schicksalhaften Nachmittag. Wenn sein

Sohn heute ging, dann womöglich für immer. So oder so. Ekstatisch jubelnd, weil das Wunder geklappt hatte, oder trotzig die Treue beschwörend, wenn es doch nicht ganz reichen sollte.

* * *

Als ich um kurz vor halb vier zum *Lot Jonn* kam, standen die drei Jungs plus Silke schon mit langen Gesichtern vor der Tür. Über der Tür hingen rot-weiße Girlanden. „Was ist denn hier los?", stammelte ich.

„… solange die keine Sportsbar draus machen", sagte Ralf.

Sven nickte stumm. Deswegen hatte Silke ihn abends versucht anzurufen: Das *Lot Jonn* war sich nicht zu schade, den vorletzten Bundesligaspieltag live im Fernsehen zu übertragen. Dabei hatten wir uns viel vorgenommen für das letzte Treffen.

Wie wir so beieinanderstanden, mussten wir ein komisches Bild abgeben: Ralf trug ein weißes Hemd und einen Sommerpulli, den er sich um die Schulter geknotet hatte. Karl trug Flip-Flops, wieder das Batik-Shirt und die Holzkette mit roten und braunen Perlen, die ich ihm mal geschenkt hatte. Sven hatte ein knallgelbes Frauen-T-Shirt an, das ihm viel zu klein war. Ich selbst hatte ein leichtes Hemd an und einen dünnen Sommerschal umgebunden. Ich musste meinen Eltern ja irgendwie vormachen, dass ich mit einer Frau unterwegs war.

„Und ich dachte, ihr hättet eine Philosophie", sagte Sven zu Silke, aber der brauchte überhaupt nichts zu sagen. Schließlich war er wohl doch noch nachts bei Silke gelandet. Da hätte er uns ja warnen können. An uns vorbei drückten sich immer mehr Menschen hinein in die Kneipe. Von drinnen hörte man schon Gläserklappen und die ersten blökenden Kommentare der Zuschauer.

„Ist ja typisch, jetzt kommen sie wieder aus den Löchern“, sagte Karl. Er wusste natürlich genau, dass Fortuna ein wichtiges Spiel vor sich hatte. Aber er hatte sein Handy ausgeschaltet.

Auf der anderen Straßenseite pinkelten zwei Fortuna-Fans an zwei Bäume. Im Abstand von 15 Metern.

„Unsere Heimat …“, schrie der eine.

„… unsere Liebe …“, erwiderte der andere. Sie waren total betrunken, es war mehr ein Grunzen als ein Gesang. Und dann gemeinsam: „In den Farben Rot und Weiß, Deutscher Meister 1933, nur damit es jeder weiß.“

Wir traten auf dem Gehsteig vor der Kneipe auf der Stelle und guckten jeden an, der – so spät noch – zum Fußballgucken in die Kneipe huschte. Als das Taxi endlich kam, winkte uns Silke zum Abschied und ging hinein. Auch Sven gab sich nicht die Blöße eines Körperkontakts.

„In den Aquazoo, aber zacki“, sagte ich zum Fahrer. „Und denken Sie an die Abmachung!“ Der Fahrer guckte auf einen Schmierzettel, der am Armaturenbrett klemmte. Dann las er vor: „Das Radio muss während der gesamten Fahrtzeit ausgeschaltet sein. Diese Vereinbarung gilt …“

„Ist ja gut“, brüllte Sven von hinten. Auch Ralf und Karl guckten verschämt – wie Kinder, wenn die Eltern irgendeinen Unsinn in der Öffentlichkeit erzählen. Der Taxifahrer musterte uns im Rückspiegel, wir schauten verlegen aus dem Fenster. So heizten wir durch die Stadt. Das Fortuna-Spiel, das für mich ein Club-Spiel war, hatte gerade begonnen, doch das Straßenbild ließ sich das nicht anmerken.

„Jeder einen Fünfer“, sagte ich, als wir gegenüber dem Aquazoo anhielten.

„Ganz schön gesalzen“, sagte Karl.

„Solidaritätszuschlag für einen Fußballfan“, erklärte der Fahrer, und ich nickte beschwichtigend in die Runde. Jetzt keine Faxen machen.

Wir standen auf dem leeren Parkplatz vor dem Aquazoo, der in einem grauen Klotz untergebracht war. Ich sah noch, wie der Taxifahrer das Taxilicht ausmachte, einen Fortuna-Schal aus dem Fenster hängte und aufs Gas stieg, volle Kraft voraus Richtung Stadion. „Was für ein Typ", sagte Sven. „Wieso übernimmt der beim letzten Heimspiel noch eine Schicht?"

In diesem Moment wusste ich, was ich zu hatte. Ich, Daniel Hübner, der Leader! Ich mit dem langweiligen Leben und dieser Verantwortung! Ich dachte an den Aquazoo und was uns dort erwarten würde, an diesen Park dahinter, wo wir uns danach besprechen wollten – und an den Club, der ein paar hundert Meter weiter spielte.

Ich ging auf die Jungs zu. Als Erstes nahm ich Sven in den Arm, kurz und fest, dann Ralf und dann Karl, etwas länger. Wegen des angeblichen Dates roch ich nach Parfüm. Karl und Ralf guckten wohl auch deshalb etwas verdutzt und verlegen. Die drei bildeten einen Halbkreis, und ich, der Kapitän, stand vor meiner Mannschaft.

Drei-zwo-eins, zählte ich runter und holte noch mal Luft: „Ich weiß, es war nicht immer leicht mit mir, und es war nicht immer leicht für uns." Es war nicht mehr der Kasernenton vom Saisonbeginn. Über die Monate hatte ich meiner Stimme mehr Wärme und Tiefe antrainiert. „Wisst ihr, ich habe nachgedacht", sagte ich und sah, wie Karl unruhig von einem auf das andere Bein trat, wie Ralf nach seinem Handy in der Hose griff. Nur Sven guckte mich an und nickte. „Ich habe viel gelernt in diesem Jahr: über Badminton …"

„Ach, hör doch auf", rief Sven.

„Na gut, übers Zaubern, Fahrradtouren, Minigolf und Drachensteigen."

Sven nickte wieder, die anderen wurden spürbar nervöser.

„Aber wisst ihr, was ich nicht verstanden habe und was mich wirklich interessiert?"

„Astronomie?“, fragte Ralf.

„Die alte Geschichte vom ersten Treffen: diese Systemfrage?“, fragte Karl.

„Warum Karl uns seine Yogafreundin verschwiegen hat?“, ächzte Sven, und Karl zuckte zusammen.

„Nein, das ist mir eigentlich egal“, sagte ich, „zumindest im Sinne der Gruppe. Persönlich interessiert es mich schon.“

Karl atmete kurz durch.

„Aber die Systemfrage ist immer noch nicht geklärt, dabei interessiert mich das brennend“, setzte ich an. Ich sah, wie Ralf und Karl die Augen rollten. Dann fuhr ich fort: „Seit Jahren spielen die Teams nun schon mit einem Stürmer. Warum lassen die Trainer nicht mit Dreierkette spielen?“

Sven ließ den Kopf fallen, und Karl und Ralf rissen auf einmal die Augen auf.

„Da habe ich auch schon oft mit Shilpa drüber gesprochen“, sagte Karl, und ich hörte, wie Sven nur höhnisch lachte. „Mit einem Sechsermittelfeld und einer Spitze vorne hätte man quasi immer Überzahl“, sagte Karl.

„Wie beim Eishockey“, meinte Ralf. „Und die B-Jugend von Eller 04 spielt schon lange so.“

Dann rief Karl laut: „Worauf warten wir? Aufsatteln! Das Spiel hat schon längst begonnen.“

„Was ist mit deinem Herz?“, fragte Ralf besorgt.

Karl küsste nur seine Holzkette und sagte: „Magische Kräfte.“

Sven stand jetzt alleine da und schaute uns mit großen Augen an. „Das ist doch jetzt nicht euer Ernst! Dafür habe ich das alles gemacht? Dafür stehe ich mit einem Bein im Gefängnis? Damit ihr hier bei der ersten Gelegenheit den Götze macht?“

Karl winkte ihn nur ran und sagte: „Komm, Sven. Bevor du dir hier die Happy Hippos anschaust, erlebe mal lieber mit, wie Fortuna Hoffenheim und den Happy Hopp in die zweite Liga schießt.“

„Vergesst es. Ich gehe ganz sicher nicht ins Stadion. Das ist auch viel zu riskant. Da sind überall Kameras.“

Wir vereinbarten, dass die Jungs später alle zu mir zum Abendessen mit meinen Eltern kämen, gerne auch mit Anhang. Ich versprach Sven, dass Dani Schahin ganz sicher nicht dabei wäre. Dann verschwand Sven hinter der Mauer im Park.

Wir drei rannten los in Richtung Stadion, einer schneller als der andere. Vor der Arena, die sie auf dem Boden des alten Rheinstadions gebaut hatten, kam uns ein Mann entgegen, dem wir noch drei Karten abkauften. In dem Moment, als wir nach den Karten griffen, schrie hinter uns das ganze Stadion auf. Ein Tor war gefallen, ganz offensichtlich für die Fortuna. Karl schaute nach oben Richtung Arena, die mich von außen eher an ein Parkhaus erinnerte. Er fasste sich ans Herz und sagte: „Du großer Gott.“

Dann nahm er meine Hand und zog mich mit den Tickets in den Stadionbauch. Wir hasteten durchs Stadioninnere, stiegen die Stufen in den Block hinauf, unseren Block für diesen Tag. Der lag in der Ecke gegenüber dem Nürnberger Anhang, das war nur fair für alle Beteiligten.

Fortuna führte tatsächlich 1:0, ein Eigentor, typisch. Für Nürnberg ging es um nichts mehr an diesem Tag, für Fortuna um alles – und irgendwie gönnte ich das Tor Karl und auch Marcus, Ralfs Sohn, der dort irgendwo im Stadion sein musste.

In der Halbzeitpause holte ich Bier für Ralf und mich, Wasser für Karl, und für einige Minuten war alles gut. So, wie es sein sollte, immer, ein Leben lang. Doch das Glück währte nur kurz, so ist das eben im Fußball, irgendwie ist das ja der Deal. Fortuna brach in der zweiten Halbzeit komplett ein, gegen die B-Elf aus Nürnberg schlotterten ihnen die Knie. Ein

Sieg hätte an diesem Tag gereicht für den Klassenerhalt. Ein Remis hätte zumindest die Relegation bedeutet. Doch sie verloren gegen meinen Club. Und das Schlimme war: Ich konnte mich darüber nicht freuen. Bei beiden Toren der Nürnberger spürte ich, wie Karl neben mir in sich zusammenzuckte. Ich machte mir Sorgen um sein Herz und seine Freundschaft und konnte und wollte mich nicht freuen.

„Jedem Abstieg wohnt ein Aufstieg inne", sagte Karl nach dem Abpfiff. Und Ralf sprach uns wohl allen aus der Seele, als er meinte: „Ich hatte ganz vergessen, wie schön und wie grausam der Fußball sein kann. Aber irgendwie hatte ich genau das vermisst."

Nach dem Spiel stierten wir gefühlt noch eine halbe Stunde auf den Rasen dort unten, auf die Kinder, die Bälle einsammelten, auf die jubelnden Nürnberger und die Düsseldorfer, die mit gesenkten Köpfen in die Kabine trotteten. Wir saßen dort still, stumm und glücklich, sogar Karl sah irgendwie selig aus. Wir hatten versagt, wir hatten uns so viel vorgenommen und es nicht gepackt. Pfeifen waren wir, schafften es nicht einmal, ein Jahr vom Fußball loszukommen. Aber dafür schämten wir uns in diesem Moment nicht. Eher dafür, es überhaupt versucht zu haben. Wie einer, der Vegetarier werden wollte und nach einem Jahr in ein Stück Fleisch beißt und gar nicht verstehen kann, warum er je darauf verzichtet hat: so herzhaft, so saftig.

Wir reimten uns zusammen, wie die Saison abgelaufen war, und spekulierten, wie die neue wohl aussehen mochte. Wir hatten so viel aufzuholen. Schon eine Woche später würde die Saison vorbei sein, und dann ging es wieder los, mit den Träumen und Transfergerüchten. Wir redeten über all die Hoffnungen, die wir uns immer wieder gemacht hatten, wenn im Internet Gerüchte über günstige Toptalente aufgetaucht waren, die sich laut Spielerberater nichts Schöneres vorstellen konnten, als für unseren Verein zu spielen. Und waren diese Transfers dann tatsächlich mal über die Bühne gegangen, wurden diese Hoffnungen meist schon nach wenigen Wochen enttäuscht, wenn das junge Talent ein Trikot in Größe XS bekam und beim ersten Testspiel gegen einen Zweitligisten weinend vom Platz getragen wurde. Oder wenn der brasilianische DVD-Star zwar wahnsinnig gut fummeln konnte, aber leider auch sehr gerne futterte und als Zuschauergast an der Torwand des *Sportstudios* besser aufgehoben gewesen wäre. Da hätte er wenigstens noch Karten für ein Länderspiel gewinnen können.

Fußball konnte so schlimm sein, aber auch so wunderschön. So wie die Liebe, so wie das Leben. Ralf, Karl und ich, wir waren mit uns im Reinen. Wir hatten nicht geschafft, was wir wollten, aber bekommen, was wir wollten: Wir waren wieder im Spiel. Allerdings wagten wir uns erst langsam wieder aufs alte Terrain. Als ich im Stadion meinen alten Freund Holger sah, versteckte ich mich hinter Ralfs breiten Schultern. Auch Karl hatte noch keine Lust auf alte Bekannte. Was zum Teufel hätten wir ihnen auch erzählen sollen – die ganze Geschichte?

Wir gingen zur Bahn und beschlossen, auf eine große Aktion kommende Woche zu verzichten. Karl wurde beim Spiel in Hannover gebraucht. Alles andere würde sein Herz spätestens jetzt nicht mehr mitmachen. Wir rätselten, was wohl Sven zu alldem sagen würde und was zum Teufel er tagsüber wieder ausgeheckt hatte. Ralf meinte nur: „Warten wir es ab“, und schmunzelte.

Meine Eltern rief ich an und teilte ihnen kurz mit, dass noch drei Freunde vorbeikommen würden. Meine Mutter durchblickte die Situation nicht ganz, aber letztlich schien sie sich zu freuen, dass ich so viele Menschen zu kennen schien. Als sie „Pärchenabend, ach wie schön!“ in den Hörer rief, legte ich schnell wieder auf.

In der Straßenbahn bemerkte ich einen Polizeihubschrauber, der am Himmel klebte, und mich beschlich das ungute Gefühl, dass er uns auf den Kieker hatte. Vielleicht war es doch unvorsichtig gewesen, zu dritt einfach so ins Stadion zu latschen. Oder Sven hatte einmal mehr Mist gebaut. Zur allgemeinen Beruhigung erzählte ich Ralf und Karl die Geschichte mit Sven und Silke und dass er ihr versprochen hatte, mit diesem NWF-Scheiß aufzuhören. „Das kann ja jeder sagen“, sagte Ralf und begann auf seinem Handy herumzutippen. „Was ist denn los, Brauner?“, fragte Karl. Aber Ralf stammelte nur, sein Sohn habe ihm eine SMS geschickt. „95 ole“, stand darin. Abgesendet um 16:10 Uhr, als Fortuna noch in Führung lag.

Wir stiegen aus der Straßenbahn, doch schon bald bemerkten wir einen schwarzen Lieferwagen, der langsam hinter uns herfuhr. „Deine Eltern?“, fragte Karl sichtlich nervös. Das beunruhigte mich erst recht, denn ich hatte auf Kumpels von Karl gehofft, auf Ludger, Dietmar, Racho oder sonst wen. Und auch CDU-Freunde von Ralf schienen es nicht zu sein. Ralf schüttelte nur den Kopf und zog das Tempo an.

Ich rief Sven an. Der ging ausnahmsweise direkt ran und war offenbar gar nicht sauer. „Silke und ich freuen uns schon. Silke hat extra eine Verabredung mit Ron und Calli abgesagt.“

„Ey, du Clown“, sagte ich, „kann es sein, dass die Bullen immer noch hinter uns her sind?“

Sven lachte nur laut. „Jetzt fängst ausgerechnet du damit an. Ich dachte, das ist meine Rolle. Du darfst nicht vergessen, dass der DFB die Sicherheitsvorkehrungen immer mehr verschärft. Mach dir um uns mal keine Sorgen.“ Ich hoffte sehr, dass er recht hatte.

Meine Eltern waren natürlich schon da. Mein Vater reckte den Daumen in die Höhe, was immer das heißen sollte. „Das sind Pommes und Ralle“, stellte ich meinen Eltern Karl und

Ralf vor. Die beiden wollten mit meinen Eltern einschlagen wie in der Kurve, es wurde eine etwas ungelenke Begrüßung.

„Wo hast du denn Svenja gelassen?", fragte meine Mutter.

„Svenja?", lachte Karl auf.

„Ach, vergiss sie", sagte ich flüsternd zu meiner Mutter, „das ist eine lange Geschichte." Tröstend wollte sie mich in den Arm nehmen, doch ich meinte nur: „Schon okay, mit dem Fußball kann sie nicht mithalten." Ich erzählte von unserer Gruppe, von unserem Jahr und von unserem Tag. Die Sache mit der NWF-Fraktion umschiffte ich gerade, als es an der Tür klingelte.

„Dani!", rief Ralf.

„Schahin?", rief ich.

Plötzlich stand Dani Schahin bei uns in der Wohnung. „Ach du heilige Scheiße", rief Karl und fasste sich wieder ans Herz. Schahin hatte Brot und Salz dabei. „Ich habe heute Morgen deine Eltern getroffen. Sie meinten, ich solle dich mal überraschen."

„Da bin ich mal gespannt, was Sven gleich sagt", rief Karl und verteilte eine Runde Flaschenbier aus dem Kühlschrank. Er selbst blieb beim Wasser. Ralf wurde sichtlich nervös.

Wir setzten uns, und meine Eltern tischten ordentlich auf. Während wir von unserem gescheiterten Versuch berichteten, vom Fußball loszukommen, erzählte Schahin allerlei wilde Geschichten aus Fortunas Kabine, die für die Formkrise verantwortlich sein sollten. Gerade, als er zu guter Letzt auch noch den Rummel um „Lederspacko" die Schuld für den Niedergang der Fortuna zuschieben wollte, klingelte es wieder an der Tür.

„Ich glaube, es ist besser, wenn du jetzt gehst", sagte Karl sichtlich sauer auf den Fortuna-Stürmer. „Da kommt nämlich Lederspacko, und der macht hier gleich Zirkus, wenn er dich sieht."

Während Ralf hektisch auf die Uhr schielte, huschte Schahin schnell aus der Wohnung. Gerade als Sven und Silke die Stufen hochgekeucht kamen, gab es auf einmal einen großen Knall: Fünf Männer in voller Kampfmontur stürmten aus der Nachbarwohnung. „Keine falsche Bewegung! SEK!"

Sven ging langsam und in einer erstaunlich gleitenden Bewegung in die Knie, fast wie Karl damals in der Kirche, nur dass er gleichzeitig die Hände nach oben warf. Karl atmete hektisch und fasste sich mit der linken Hand ans Herz, während ein Polizist ihm die rechte Hand auf den Rücken drehte. Ich stellte mich vor meine Eltern, sagte, dass die aus dem Spiel seien, und rief noch nach oben: „Na warte, Schahin, du Schwein! Das wird dir noch leidtun."

Doch dann sah ich, wie Ralf seelenruhig rumstand, die Polizisten anguckte und den Kopf schüttelte. Er war es, der uns verraten hatte. Die rechte Hand des Teufels. Der Mann von der CDU, das hätten wir wissen müssen.

Ralf meinte: „Sorry, Jungs, aber ich muss auch einmal an mich denken. Ich will wieder nach Berlin ziehen. Die Kandidatur für den Bundestag kann ich doch vergessen, wenn dann irgendwelche Videos aus Herne auftauchen und ich im Nachhinein verknackt werde."

Und so landeten Sven, Karl und ich auf dem Revier und letztlich vor Gericht. Der Staatsanwalt brachte allerhand Dinge gegen uns vor: Svens Brief, die Kameraaufnahmen aus Herne natürlich, aber auch die Thekenfrau von Eller 04. Und als der Typ vom Trödelmarkt auftauchte, dem ich meine alten Club-Klamotten vermacht hatte, als auf einmal DNS-Proben meines Club-Schals verglichen wurden, da wäre ich am liebsten nach vorne gegangen und hätte dem Typen eine reingehauen. Aber ohne Ralf traute ich mich nicht. Doch der war inzwischen wieder nach Berlin gezogen und bereitete sich auf die Erstligasaison vor.

Letztlich bekamen wir Bewährungsstrafen, der Richter faselte noch etwas von mildernden Umständen angesichts unserer Vereine, aber das ignorierten wir eisern. Am Ende mussten wir den Sommer über Sozialstunden leisten: im Freibad Müll sammeln, mit schwer erziehbaren Kindern Angeln gehen. Alles Dinge, die wir früher verachtet hätten und die uns nun sicher von der Hand gingen. Es wurden wunderschöne Wochen und eine der schönsten Sommerpausen überhaupt – und das ohne Europa- oder Weltmeisterschaft.

Danksagung

Ich danke allen, die mich unterstützt haben, unter anderem über die Facebook-Seite „Nie wieder Fußball", vor allem aber Benjamin, Moritz und Lenz für die Arbeit am Text und Johanna für ihre bewundernswerte Gelassenheit gegenüber all dem Wahnsinn.

Wir sind Fortuna Düsseldorf, wir können alles.